with you《ウィズ・ユー》

濱野京子
KYOKO HAMANO

くもん出版

with you

等間隔《とうかんかく》にならぶ白い街灯をひとつひとつやりすごしながら、悠人《ゆうと》は、人気《ひとけ》ない道を走る。閑静《かんせい》な住宅街《じゅうたくがい》の夜九時。ときおり、帰宅途中《きたくとちゅう》の会社員らしき人とすれちがうこともあるが、ジャージー姿《すがた》で走る悠人が、見とがめられることはない。

怒《いか》りともいらだちともつかないふつふつとわく感情《かんじょう》をもてあまして、とびだすように家を出てきた。とくべつに何があったというわけではない。ただ、家にいたくない、と思ってしまう。いつからだろう、そんなふうに感じるようになったのは。

走ることだ。走れば、まとわりつく不快感《ふかいかん》も霧消《むしょう》する。忘《わす》れられる、このときだけは……。

理性《りせい》が、走りまわっている場合か、と告げる。それにあらがうように、悠人はいつものランニングコースからはずれて先に進む。

アスファルトの地面をける自分の足音だけがきこえる。前方に見えてきた信号が黄色にかわる。あの先はもう、悠人の通う中学の学区ではない。信号をすぎるとすぐに、うっそうとした黒い樹木《じゅもく》が目に入る。坂和《さかわ》公園だ。とりたてて特徴《とくちょう》のある公園ではないが、家の近くにある公園よりも広い。幼《おさな》いころ、兄につれられて何度か来たことがあったが、あのころはちょっとした遠征《えんせい》気分だった。

ブランコとすべり台、砂場《すなば》などが配置された昔ながらのありふれた公園。この時刻《じこく》におとずれる酔狂《すいきょう》な輩《やから》もめったにいないだろう。路上生活者が暮《く》らしていたことがあったが、いつしかいなくなったというのは、だれにきいた話だったろうか。しずまりかえった夜の公園は、少し不気味でよそよそしい。かつておとずれたころの記憶《きおく》はすでにうすれているが、昼に見れば、まったくちがう貌《かお》をしているにちがいない。

速度をいく分落とし、うかがうように首をひねって公園内に目をむける。人の姿《すがた》などあろうはずもなかった、だが……。

通りすぎたあとで、何か違和感《いわかん》があって悠人《ゆうと》は足をとめた。そしてゆっくりと踵《きびす》を返し、再度《さいど》、入り口にむかい、数歩敷地内《しきちない》へと歩を進める。

見まちがいではなかった。ブランコにぽつんと座《すわ》っている人がいたのだ。悠人の眉《まゆ》がよった。それが、おそらくは自分と同年代といってよさそうな少女だったからだ。少女は、ただ座っている。ブランコのチェーンは、まったく動いていなかった。

悠人は、関係ねえよ、とつぶやき、また走りだす。

家の前まで走り、あらい息をはきながら、ふと空を見上げる。満天の、とはいいがたいが、群青《ぐんじょう》の空に星がまたたいていた。走ったばかりの身体《からだ》はほてっているが、秋も深まってきたこの時期、夜九時過《す》ぎともなれば、空気はひんやりと冷たい。そのときふと、先ほど公園にいた少女のことが、頭にうかんだ。——あの子、上着を着てなかったな……。

1

柏木悠人《かしわぎゆうと》の家は、市の西部にある古い団地《だんち》だった。

３ＤＫの居室《きょしつ》は和室ばかりで、いちばんせまく日当たりの悪い四畳半《じょうはん》が悠人の部屋だ。兄の直人《なおと》の部屋は、悠人の部屋よりも広く、日当たりもよかった。

築《ちく》四十年以上の五階建ての建物には、エレベーターがなく、悠人は階段《かいだん》を一気にかけあがった。

ドアを開いて中に入ると、ダイニングキッチンで、母の陽子《ようこ》がスマホを見ていた。

「ただいま」

低い声で告げると、母はわずかに顔を上げ、ああ、とため息とも返答ともつかぬ声を発した。そのまま部屋にむかうと、背中《せなか》のうしろで、

「早く、お風呂《ふろ》に入りなさい」

という声がした。

両親の部屋は、ダイニングとふすまでつながっている床《とこ》の間《ま》つきの六畳間《じょうま》だが、母は、寝《ね》るとき以外はたいていダイニングにいて、新聞や雑誌《ざっし》を読んだり、テレビを見たり、さもなければスマホをいじったりしている。

直人《なおと》は、部屋にこもって勉強をしているようだ。二歳《さい》上の兄は、トップレベルの県立高校に進学して、そこでも上位の成績《せいせき》を保《たも》っていた。

そしてもうひとりの家族である父とは、半年以上顔をあわせていない。

十月も中旬《ちゅうじゅん》に入ったある晩《ばん》の夕食後、ジャージー姿《すがた》の悠人《ゆうと》がダイニングに行くと、母はキッチンであと片《かた》づけをしていた。

「また走るの？」

と問われて、背中《せなか》をむけたまま答える。

「受験は、体力だろ」

母の態度《たいど》には、受験生にもかかわらず出かける悠人を、とがめる雰囲気《ふんいき》さえない。

悠人は、週に二度、学習塾《がくしゅうじゅく》に通っていた。高校受験をひかえている今、同級生のあいだでも塾通いはあたりまえで、週二日はむしろ少ない方だ。塾のない平日は、会話の少ない夕食のあと、午後九時前後から、走るために外へ出る。それが、部活を引退《いんたい》した二学期以降《いこう》の夜の過《す》ごし方《かた》だった。

玄関《げんかん》の扉《とびら》がガタンと音を立てて閉《し》まる。とりたてて乱暴《らんぼう》に閉めたつもりはなかったが、思いのほか、大きな音になってしまい、それはそのまま、悠人《ゆうと》のいらだちをあらわすかのようだった。

受験が体力だなんて、言《い》い訳《わけ》だ。ただ、家にいたくなかっただけなのだから。走って走って、もやもやした思いをおさめる。

遠くに信号が見えたとき、ふと、数日前に、坂和《さかわ》公園で少女を見かけたことを思いだした。まさか、今日はいないだろうと思ったが、みょうに気になって、悠人は公園まで足をのばした。

公園は、すべてのものが眠《ねむ》りにおちたかのようにしずかだった。生きものの気配も感じない。一見したところ、だれもいないようだった。そのことにほっとしながらも、ほんの少しだけがっかりした。

車止めのポールをまたぎこして、敷地《しきち》に入る。その気配を感じとったとでもいうように、微風《びふう》が木の葉をゆらす。悠人は、ゆっくりと視線《しせん》を周囲にめぐらした。

ブランコに目を転じたとき、思わず息をのんだ。このあいだの少女だ。あのときと同様に、うつむき加減《かげん》でブランコに座《すわ》っている。まるで、息をひそめて存在《そんざい》をさとられまいとするかのように、チェーンは微動《びどう》だにしない。時間がとまって、世界がかたまってしまったみたいだ、と悠人《ゆうと》は思った。

悠人は、その少女に近づく。砂《すな》まじりの公園の地面が、ジャリッ、ジャリッと音を立てたが、少女が顔を上げることはなかった。ブランコの柵《さく》の外から、悠人は思いきって声をかけた。

「何、してんの？」

返事はなかった。けれど、少女はかすかに顔を上げた。顔色は青白く、精気《せいき》が感じられなかった。あるいはそれは、ブランコのそばに立つ街灯の、白い光のせいだったのかもしれない。

素行《そこう》不良というタイプでないことは、一目でわかった。むしろ、きまじめそうな様子にさえ思えた。だからこそ、いったい何をしているのだろう、という疑問《ぎもん》が消えない。

「こんな時間に、ぶっそうだよ」

すると、少女は緩慢《かんまん》な動作で立ちあがった。

「帰らなきゃ」

かさかさにかわいたようなかすれた言葉。暗く沈《しず》んだ顔。

少女が歩きだす。ショートヘアのすらっとした体躯《たいく》。えんじ色のジャージーに、靴《くつ》はアディダスの白いスニーカー。足取りはしっかりしていた。けれど、なんとさびしげな背中《せなか》だろう。

ほうっておいてだいじょうぶだろうか。いや、しょせん他人じゃないか。自分の知ったことではない。と、一度はそう思ったが、重い足取りでとぼとぼと歩いていくのを見て、つい、うしろから、

「送るよ」

と声をかけると、小走りに近づいていく。相手から言葉はかえってこなかった。が、拒絶《きょぜつ》もされなかったので、悠人《ゆうと》はだまって少女の隣《となり》を歩いた。

「中学生？」

相手が小さくうなずいたので、このあたりの学区にある中学の名をあげて、

「坂和中《さかわちゅう》？」

ときくと、少女はまたうなずく。

「おれは、緑中《みどりちゅう》」

そう告げたがなんの反応《はんのう》もないので、悠人《ゆうと》はしかたなく言葉をつぐ。

「このあいだも見かけたけど、何してたの？　だれもいない公園で。女の子がひとり、あぶないよ」

「……散歩」

それからは、だまったまま歩いた。よほどいやなことでもあったのだろうか。でも、この前も見かけたのだから、突発的《とっぱつてき》なことではないのかもしれない。すぐに、いじめという言葉がうかぶ。とはいえ、事情《じじょう》をきく気はない。相手は名前も知らない赤の他人だ。

少女がふと顔を上げて天をあおぐ。つられるように、空を見た悠人がつぶやく。

「カシオペア座《ざ》だ」

上空を風が流れているのか、星々がゆらめいて見えた。

「星が、うたっているみたい」

ぽつりと少女がいった。そして、足をとめて悠人を見る。はじめて目があった。くっきりとした、少しだけつりあがり気味の目。もしかしたらさっき泣いていたのかもしれないと思ったが、涙《なみだ》のあとはない。むしろ目には強い光が宿っていた。

「もう、着いちゃった」

そこは、坂和《さかわ》公園から五分程度《ていど》の場所だった。

「きみの、家?」

こっくりと首を縦《たて》にふった少女が指さす。その先には、瀟洒《しょうしゃ》なマンションが立っていた。数年前にできたとき、おしゃれな外観がちょっと話題になった坂和ヒルズだ。少女は、軽く頭を下げてから悠人《ゆうと》に背《せ》をむけて建物にむかう。カードキーでオートロックを解除《かいじょ》して建物の中に入っていくのを見送った悠人は、チッと舌打《したう》ちした。思いつめたような顔をしていたくせに、こんなりっぱなマンションに住む金持ちの子だったとは。同じ集合住宅《じゅうたく》でも、悠人の暮《く》らす古い団地《だんち》とは、なんというちがいだろう。

「関係ねえし」

無駄《むだ》な寄《よ》り道《みち》をした。たぶん、あの子にとっては余計《よけい》なお世話だったのだろう。ブランコに座《すわ》ったまま身じろぎもしない姿《すがた》を見たとき、一瞬《いっしゅん》、この子は死にたいんじゃないだろうか、などと考えてしまった。そんな自分の想像《そうぞう》がうらめしい。

「坂和ヒルズの住人だってよ」

そうひとりごちて、つま先で地面をける。目の前にそびえるマンションの、どっしりとした構《かま》えと豪華《ごうか》なエントランス。自分には縁《えん》のない世界が、傲然《ごうぜん》と悠人《ゆうと》を見下ろしていた。

次の日は、塾《じゅく》のある日だった。

「柏木《かしわぎ》、東高なんだって？　一高じゃなかったんだ」

塾が終わったあとで、そう声をかけてきたのは、大久保博貴《おおくぼひろき》。学校はべつだが、四月からの塾友《じゅくとも》だ。ふたりとも陸上部で、地区大会などで顔見知りだったこともあって親しくなった。

「あ、うん。無理したくねえし」

「じゃあ、高校で、いっしょに陸上やろうぜ」

「大久保も、東高？」

「おれはまあ、相応《そうおう》だよ。一高なんていったら、さすがに教師《きょうし》にも反対されるだろうな。坂和《さかわ》から一高に行くのなんて、数人だし」

博貴は快活《かいかつ》に笑った。

「それは、うちだって同じっていうか、そうか、大久保、坂和中だもんな」

坂和中と自分で口にしたとき、公園で会った少女のことが脳裏《のうり》をかすめる。

「今さら何いってんだよ」

「あのさ。坂和《さかわ》公園ってあるよな。あそこって、なんかぶっそうなこととか、ねえかな？」

「ぶっそうって？」

「不良のたまり場になってるとか」

「それは、ねえよ。近くに、コンビニとかもないだろ。前にホームレスが住んでたらしいけど、いつの間にか見かけなくなったってきいた。けど、なんで？」

「いや、ちょっとあのあたり、ランニングしてるから」

「まだ走ってる？　余裕《よゆう》だなあ」

悠人《ゆうと》は相手の言葉を軽くいなして、べつのことをきく。

「じゃあ、カップルが、ベンチでいちゃついてるとか」

「なんだよ、それ」

と、眉《まゆ》をよせた博貴《ひろき》だが、すぐににやっと笑って、言葉をつぐ。

「夏はわかんねえけどな。この時期、もう寒いだろ。のぞこうったって無理だよ」

「ばーか。そんな気ねえよ」

悠人《ゆうと》は、わざとらしく博貴《ひろき》のみぞおちをこづく。相手もわざとらしくよろけた。

さほど危険《きけん》なことはないのかもしれない。しかしやはり、中学生の女子がひとりであんな場所にいるなんて。昨日は、金持ちの子だったのかと反発を覚えた悠人だったが、ならばいっそう、なぜ？　という思いがぬぐえなかった。

2

　塾《じゅく》から帰ると、母がいなかった。時刻《じこく》は十時をまわっている。塾弁《じゅくべん》の弁当箱をシンクにおいて水につけていると、兄の直人《なおと》が部屋から出てきた。直人はちらっと悠人《ゆうと》を見てから、無言のまま冷蔵庫《れいぞうこ》を開ける。

「母さんは？」

ときくと、直人は背中《せなか》をむけたまま答えた。

「さっき、出てった。コンビニにでも行ったんじゃねえの」

　直人は、冷蔵庫からウーロン茶をとりだしてコップに注ぐと、すぐに部屋にもどっていった。

　最近、兄と話すことがめっきり少なくなってしまった。前はもっといろいろしゃべったし、ときにはけんかもした。悠人が中学に入学したころから、徐々《じょじょ》に話すことが減《へ》ってはいたが、それでも話しづらい相手ではなかった。かわったのは、あのときからだ。

直人《なおと》は、学力はいうにおよばず、スポーツも音楽もそつなくこなす。部活は中学、高校と卓球部《たっきゅうぶ》で、中三のときは、地区大会でベスト8に残った。見た目も、親戚《しんせき》でいちばん美人といわれる母親似《に》で、悠人《ゆうと》よりも整った顔立ちをしている。親戚の者たちは、直人を見て、親のいいとこ取りだ、という。それに対して、弟の方は、悪くはないが万事そこそこ、というところのようだ。

もっとも、悠人にとっても、直人は自慢《じまん》の兄だったから、周囲のあつかいの差にいちいち傷《きず》ついてきたわけではない。前を歩く兄は特別な存在《そんざい》で、それがあたりまえだった。親の愛は、どうだったのだろう。直人がほめられるたびに見る母のうれしそうな顔。母にとって直人は、何よりもほこらしい息子だった。それもまた、とりたてて不満に感じることではなかった。

あれは、一月半ほど前の、二学期が始まって少したったころだ。夕食のときに、母が、

「悠人も、直人と同じ高校、行くのよね」

と、それが当然のことであるかのような口ぶりでいった。同じ高校とは県下トップの県立第一高校を指す。模試《もし》の成績《せいせき》は合格ぎりぎりのラインだが、がんばればこえられない壁《かべ》ではなかった。悠人は、ちらっと兄を見てから、ぼそっといった。

「おれは、東高でいいかな。近いし」

一瞬《いっしゅん》、場がかたまったようだった。

「そうなの？」

母を見ると、眉《まゆ》がよっており、悠人《ゆうと》は少し身構《みがま》える。己《おのれ》のふがいない選択《せんたく》を、とがめられるにちがいない、と。それであわてて、いわずもがなのことを口にする。

「なんとか一高に合格《ごうかく》できたとしても、勉強に追われそうだし」

しばしの沈黙《ちんもく》のあとで、母がいった。

「そう。じゃあ、そうしなさい」

あっさりとした口調《くちょう》だった。拍子《ひょうし》ぬけするほどに。もっとがんばれと、兄を見習えといわれるかと思っていた。むしろ、しつこく糾弾《きゅうだん》したのは、直人《なおと》だった。

「なんで一高目指さないんだよ」

兄はそうなじった。

「おれは、直人みたく、出来がよくねえし」

二つ年上の兄を、悠人は直人と呼《よ》び捨《す》てにし、直人もそれを受けいれていた。兄ちゃんなんて呼んだことがない。それが幼《おさな》いときからの習慣《しゅうかん》だった。

「努力が足りねえんだよ」

努力できるのも才能《さいのう》だ、などといっても、出来のいい兄には通じないだろうと思い、悠《ゆう》人《と》はだまりこむ。

出来がよくしっかりした兄が自慢《じまん》だったことが、かわったのはいつからだろう。ライバル心をおこしたわけではなかった。もてる者ともたざる者がある。そんなことはあたりまえで、世の中は不公平なものだ。けれど、たったふたりの兄弟で、すべてをかねそなえた兄と、凡庸《ぼんよう》な弟に分かたれてしまうのは、もたざる者としてはやはりつらい。思えば、幼《よう》稚園《ちえん》から中学にいたるまで、教師《きょうし》のあいだで、悠人はつねに、悠人である前に「あの直《なお》人《と》」の弟だったのだ。

「陸上、続けたいから」

「陸上なら一高でもやれるじゃないか」

「おれがどこに行くかはおれが決めるから」

悠人は、兄との会話を打ちきった。

その後も、しばらく直人は、むしかえした。

「おまえはずるい。やれることをやろうとしない。ひきょうだ」

とまでいった。そして、兄弟から会話が消えた。

夏まで続けた陸上部を引退《いんたい》したあとも、悠人《ゆうと》は走ることを続けている。それについて、母はとがめだてすることもない。

東高を受験するといったとき、もっと落胆《らくたん》されるかと思った。だが、母は、がっかりなどしてはいない。それがなぜだか、今は十分わかっている。母は、はなから悠人に期待などかけていなかったのだ。

一高に行きなさいと、合格《ごうかく》するようにしっかり勉強しろと、母に叱咤《しった》されたかったのだろうか。悠人は眉《まゆ》をよせて首を横にふる。

母が自分にはなんの期待もしていないのだと思いいたったとき、母の愛も熱意もまた、兄が独占《どくせん》していたことに気づかされた。いや、ほんとうはそんなことはとうにわかっていたはずだ。ただ、それまでは自分があえて意識《いしき》から遠ざけていたことに、直面せざるを得なくなっただけだ。思えばいつも、この家は、直人《なおと》を中心にまわっていた。幼《おさな》いときから、すべては直人が一番なのだ。休みの日に出かける場所、家族で見に行く映画《えいが》、食卓《しょくたく》にならぶ好物。弟なのだからしかたがないと思っても、悠人が直人のお古を着ることはしょっちゅうだが、その逆《ぎゃく》はなかった。だから、悠人《ゆうと》は長いあいだ、自分の希望を兄の希望に同化させようとしてきた。兄が好きなアイドルを好きになり、兄が興味《きょうみ》をもつスポーツに興味をもつ。そして、およばずながらも兄を追いかける弟を演《えん》じる。そうしていれば、だれよりも兄を味方にすることができたし、表だって傷《きず》つかずにすんだ。

中学進学時、部活で陸上部を選んだのは、最初の反逆《はんぎゃく》だったのだろうか。小学生のうちは、おれも卓球部《たっきゅうぶ》に入る、といっていたのに。――なんだよ、悠人。おれ、弟が入るっていっちゃったじゃないか。

あのころはまだ、そういわれたことに、うしろめたさがあった。

でも、ほんとうは、自分が幼《おさな》いときから傷ついていたことを、みとめるしかない今はちがう。

悠人がランニングに出ようとすると、ときには母も、

「勉強はだいじょうぶなの?」

などということもある。しかしそれは、ひどくおざなりな言葉のように感じられた。現《げん》に、悠人が、

「体力、基本《きほん》だろ」

といえば、母はそれ以上何もいわなかった。気をつけるのよ、とさえ。

施錠《せじょう》をとく音がして、すぐにドアが開く。母がもどってきたようだ。ぼんやりと椅子《いす》に座《すわ》っていた悠人《ゆうと》を、母はちらっと見てかすかに眉《まゆ》をよせる。いきなり、そんな顔をむけることもないのに、いくら期待はずれの息子だとしても、などと内心では悪態《あくたい》をつきながら、悠人はだまって立ちあがり、部屋にむかおうとした。

「あんた、健一《けんいち》さんに似《に》てきたわね」

健一とは、悠人の父の名で、母は昔から、子どもの前でも父さんなどと呼《よ》ぶことはなかった。父に似てきた？　それが、眉をひそめた理由なのだろうか。つまり、ろくでなしと母がなじる父に似ていると？

悠人は、何も答えずに自室にもどった。

父が、この家を出ていってからどれくらいたったろう。今は、ここから三駅ほどはなれた場所にアパートを借りて暮《く》らしている。そこをしょっちゅうおとずれる女性《じょせい》がいることを、母は息子たちに告げてはいないが、悠人も直人《なおと》も知っていた。

母は理性的《りせいてき》な人で、声をあららげて子どもたちを叱《しか》ったりするようなことはめったにない。父がべつに暮らしたいといったときも、母は冷ややかな口調《くちょう》でいった。

「必要な生活費は、ちゃんと入れてください」

父は映像《えいぞう》プロダクションで働いていた。一見はなやかな仕事に見えるが、大手の下請《したう》け会社で、給料はけっして高くはない。その収入《しゅうにゅう》の半分を入れると約束して、父は家を出た。

悠人《ゆうと》は、子ども心に、両親の不仲を感じてはいた。けれどやはり、現実《げんじつ》となった父の不在《ふざい》は、家庭に影《かげ》を落とす。

母は以前から働いていたが、フルタイムの仕事ではない。週に四日ほど、非常勤公務《ひじょうきんこうむ》員《いん》として、市役所で働いている。父の送金とあわせても、暮《く》らしは楽ではなかった。

もともと正規《せいき》の公務員だった母は、直人《なおと》が生まれたあとも仕事を続けていたが、悠人が生まれる前に、多忙《たぼう》になっていた父の要請《ようせい》で退職《たいしょく》した。そしてそのことをずっと後悔《こうかい》していた。それもまた、不仲の遠因《えんいん》なのかもしれない。

窓《まど》ガラスに映《うつ》る自分の顔にむかって、苦々《にがにが》しげにつぶやく。

「べつに似《に》てねえだろ」

父は、悠人の目から見ても、どこか地に足がついてないというのか、ふわふわとうわついたところがある人だった。子どもをとくにかわいがるタイプではないが、邪険《じゃけん》にすることもない。が、父もまた、子への愛の多くを兄に注いでいたような気がする。

——おまえは、おれのようになるなよ。一高から東大へ行け。

酔《よ》っぱらったときに、直人《なおと》にむかってそう口にした父が、同じ言葉を悠人《ゆうと》にむけることはないだろう。

あれこれ思いめぐらしながら、悠人は、自分が存在《そんざい》する意味はどこにあるのだろうか、と考えてしまうことがある。

この家には、自分などいなくてもいいのではないだろうか。息子は、直人だけで十分なのではないだろうか。

悠人は、ベッドにごろりと横たわった。家の中がこんなふうに冷えこんだのは、いつからだろう。父のせいなのか。両親の不仲のせいなのか。あるいはふがいない自分のせいなのか。たしかなのは、兄、直人のせいだとは、だれも考えないことだ。

塾《じゅく》がない日は、母子三人の夕食が終わると、母をダイニングに残して、悠人も直人もすぐに自室にひっこんでしまう。父がいなくなってからは、そんな日が続いていた。

二学期の中間テストが終わった日。

塾のない日だったので、三人で食卓《しょくたく》を囲む。だれもが口数は少なかったが、それでもいちばん話すのは直人《なおと》だ。東高に行くつもりだと告げてからは、直人が言葉をむけるのは、もっぱら母になっている。仕事のことをたずねたり、高校でのことを報告《ほうこく》したり、直人なりの気づかいなのかもしれないが、話に入れない悠人《ゆうと》は疎外感《そがいかん》を覚える。

その日も、食後はすぐに自室にひきあげ、塾《じゅく》の課題にむかった。東高なら楽勝だとは思っても、片目《かため》をつぶってでも受かるほどではない。一時間ほど勉強してから、悠人はジャージーに着替《きが》えると部屋を出た。

「ちょっと走ってくる」

ダイニングにいた母にそう告げると、外にとびだす。

外廊下《そとろうか》に出たとたん、ひんやりとした秋の空気が、頬《ほお》にあたる。思わず身をぶるっとふるわせてから、階段《かいだん》をかけおりた。

食事のときに咳《せ》きこんだ直人を、風邪《かぜ》じゃない？　と気づかった母。もしも、ランニングでかいた汗《あせ》が冷えて風邪をひいたら、だれか自分を心配してくれるだろうか。

ふいに、幼《おさな》いころのことがよみがえる。あれは、小学校の低学年のころだったろうか。高熱を出した兄を、母が病院につれていったとき、悠人はひとり置き去りにされ、腹《はら》をすかして泣《な》き寝入《ねい》りした。

家が裕福《ゆうふく》ではないとはいえ、食うのにこまるほどではない。虐待《ぎゃくたい》されたこともない。不満をいえば贅沢《ぜいたく》、ということになるのだろう。

けれど、自分の存在意義《そんざいいぎ》を見いだせない、この思いはどうしたらうめられるのだろう。もしも、親の愛情《あいじょう》だけはひとしく注がれていると思えたなら、心の持ち方はもう少しちがっていたのだろうか。

夜空に星がまたたく。とはいえ、ここから見える星はさほど多くない。大都会ほどではないが、星を見るには、灯《あか》りが多すぎるのだ。

満天の星というのを見てみたいと思う。圧倒的《あっとうてき》な星空をながめたら、細かいことにこだわるのがバカらしくなったと、だれかがどこかで語っているのをきいた。そうなのだろうか。いや、ひたすら卑小《ひしょう》な自分を意識《いしき》するだけかもしれない。

坂和《さかわ》公園まで走る。まさか、今日はいないだろうと思った。ところが、あの少女は、やはり先日と同じようにブランコに座《すわ》っていた。身じろぎもしないで。ひとりでふらふら出歩くな、といったのに。とはいえ、これ以上余計《よけい》なおせっかいをするつもりはない。ちゃんと忠告《ちゅうこく》はしたのだから、何かあぶないことがあっても、自分の知ったことではない。悠《ゆう》人《と》は、公園のわきの道を走りぬけた。

しかし、数分走ったあとで気になってひきかえした。もう帰っていればいいのだが、と思いながら、公園の入り口からブランコの方を見る。少女は、そこにいた。悠人《ゆうと》は、しばらく物陰《ものかげ》で様子をうかがっていた。見たのはこれで三度目だ。うつむき加減《かげん》の視線《しせん》は、どこを見ているのだろうか。

少女が少し顔を上げ、上空を見る。悠人は足音をしのばせて一、二歩前に進んだ。しんとしずまりかえった夜の公園は、時がとまったかのようだった。

ほんの一瞬《いっしゅん》、わずかに空気がふるえた気がした。同時に少女の吐息《といき》がきこえた。むろんそれは錯覚《さっかく》で、この距離《きょり》できこえるはずはない。また、視線が落ちる。見ているこちらが不安になるようななんともいえない表情《ひょうじょう》に、いやな予感が心をよぎる。

このままほうっておいて、いいのだろうか。

やがて、少女はやおら立ちあがると、緩慢《かんまん》な動作で歩きだす。悠人は、そのことにほっとしていったん物陰にかくれ、歩きはじめた少女から少し距離をおいて、うしろを歩いた。走ったあとの汗《あせ》が、急速に身体《からだ》を冷やしていく。先ほどは、もし風邪《かぜ》をひいたら、などと考えたが、これでほんとうに風邪をひいたら、まぬけすぎだ、と自嘲《じちょう》する。それでもやはり、ほうっておけなかった。もしかしたらあの子は、自分と同じように、生きている意味を見いだせないのかもしれない。

住宅街《じゅうたくがい》のしずかな夜道で、悠人《ゆうと》の足音がきこえていないはずはなかったが、少女はふりかえらなかった。歩幅《ほはば》を小さくしてなるべく少女の歩みにあわせて歩く。こうして足並《あしな》みをそろえていると、奇妙《きみょう》な連帯感のようなものが芽生える。手前勝手な思《おも》い込《こ》みにすぎないかもしれないけれど。暗い夜道に、少女のはくスニーカーが、やけに白くういて見えるようだった。

やがて、少女が坂和《さかわ》ヒルズの前に着く。そこで少女は、はじめてふりかえった。ふいに目があって、悠人は少しあわてた。それをごまかすように、

「夜、出歩くなって、いったろ！」

と、乱暴《らんぼう》に告げる。

少女はそれには答えず、すぐに背《せ》をむけて建物の中に消えた。

悠人は、空を見上げてから走りだす。この前、少女は星がうたっているみたい、といった。星がうたう歌とは、どんな旋律《せんりつ》なのだろうか。

3

「さすがに速いなあ」

あらい息をはきながら、新川渉《にいかわしょう》がいった。体育の授業《じゅぎょう》で、持久走《じきゅうそう》をしたあとのことだった。

「一応《いちおう》、陸上部だったし」

悠人《ゆうと》は笑いながら応じた。

渉は、サッカー部だった。とはいえ、陸上同様、緑中《みどりちゅう》のサッカー部が強いチームだったわけではない。出ると負けというほどではないが、地区大会で二回勝てばまずまず、という程度《ていど》だ。

渉とは一年のとき、同じクラスだった。二年では分かれたが、三年でまたいっしょになった。志望校《しぼうこう》も同じなので、今、いちばん親しくしている。

その日の放課後も、ふたりはいっしょに学校を出た。

「高校で、サッカー、続けるのか？」

渉《しょう》は、うーんというふうに首をひねった。

「やりたい気もするけど、高校になってまでもなあ。東高も、うちと同じで、三回も勝てば上出来って感じだし。悠人《ゆうと》は？」

「やるよ。そう宣言《せんげん》したから」

「だれに？」

「家で」

「へえ。そういえば、優秀《ゆうしゅう》な兄貴《あにき》は、一高だったな」

「関係ねえし」

「おれ、おまえも一高目指すかと思ってた」

「あんなとこ行ったら、勉強しかできねえじゃん。おれは、兄貴みたいに出来よくねえし」

「そっか。そりゃあそうかもな。全国模試《もし》で、一けたとったことがあるってきいたし。マジかよって、思った。一高でも優等生なのかな」

「知らねえ」

ほんとうは、知っている。毎回トップとはいわないまでも、トップクラスというなら、まちがいではないことを。兄の成績《せいせき》を見たときの、母の満足そうな顔がうかぶ。

曲がり角に着いて、

「じゃあな」

と、渉《しょう》が手を上げる。

「ああ。また明日」

渉の背中《せなか》を見送ってから、ふと、坂和《さかわ》公園に行ってみようと思った。あの暗い夜の公園を、明るい時間に見たら、どんなふうに見えるのだろうか。

公園が近づくにつれ、下校途中《とちゅう》の生徒と行きあうようになった。が、当然ながら、歩いているのは緑中《みどりちゅう》の生徒ではなく、坂和中の生徒ばかりだ。

公園に着くと、そこは、夜とはまったくちがう貌《かお》をしていた。すべり台やブランコで遊ぶ小学生。バドミントンをやっているのは、高学年の子だろうか。入り口付近には、それぞれ犬をつれた老人がふたり、何やら世間話をしている。なんの変哲《へんてつ》もない明るい公園だった。

まあ、そんなもんだろう、と小さく息をはく。鞄《かばん》をななめがけにして、ブレザーのポケットに手をつっこみ、伏《ふ》し目《め》がちに歩いた。悠人《ゆうと》の前を、下校途中《とちゅう》の中学生たちが歩いている。緑中《みどりちゅう》は市内ではめずらしく男子もブレザーだが、坂和中《さかわちゅう》の男子は学生服だ。のろのろと数人ずつかたまって歩くグループを追いこしたあと、目のはしに、既視感《きしかん》のあるものをとらえた。前を歩いていたのは女子の三人組で、楽しそうに笑いながら、のんびりと歩を進めている。悠人が目にとめたのは、その中のひとりの靴《くつ》だった。

あの白いスニーカー……。悠人は順繰《じゅんぐ》りに少女たちの靴を見る。三人のうち、ふたりはローファーをはいていた。

白いスニーカーでの通学が、さほどめずらしいわけではない。だが、悠人は、あの子だ、と直感的に思った。靴だけでなく、うしろから見たときの髪型《かみがた》や背格好《せかっこう》が、よく似《に》ていたのだ。追いぬかして顔をたしかめようかと足を速めたとき、

「ねえ、朱音《あかね》もたまにはいっしょに行こうよ」

と、小柄《こがら》なローファーの子がいうのをきいて、悠人は速度をゆるめる。今度は、背が高いローファーの子がいった。

「そうだよ。あの店、かわいいもの、たくさんあるよ。今なら、ハロウィーンものとかも、いろいろあるし」

どうやら、朱音《あかね》とは、あの子の名前のようだ。

「ごめん。明日は無理」

「またダメなの？　つきあい悪いよ」

「わたしだって、ひよりや桃子《ももこ》と、遊びたいけどさあ。中間、悪かったし」

「そうなの？」

「桃子ぉ、マジに受けとるなって。朱音の悪いは、うちらのふつうだよ。っていうか、まだ二年じゃん。気楽に行こうよ」

「うち、親がうるさくて」

朱音が言《い》い訳《わけ》するようにいった。

「朱音のお母さんって、優秀《ゆうしゅう》なんでしょ」

「……そんなことないよ」

「だって、橘花《きっか》学院大学出身なんだよね。あたしなんか、ぜったい無理」

「だから、そんなことないって。またさそってね。じゃあ、また明日！」

ちょうどわかれ道だったようで、朱音がふたりに笑顔で告げる。そのとき、横顔が見えた。まちがいない。やはりあの子だった。

「バイバイ」

少女たちは、手をふりあい、朱音《あかね》だけが道を右に折れた。そして、道を曲がったとたんに、ダッシュするように駆《か》け足《あし》で去っていった。

それにしても、なんというちがいだろう。昼に見た朱音の顔は、夜見たときとは、まったく別人のようだった。いかにも、明るい女子中学生というふうで、なんだかだまされたような気になる。

親がうるさいといっていた。とすれば、このあいだの夜、暗い顔でいたのも、悪い成績《せいせき》をとって、親に叱《しか》られただけだったのかもしれない。だから、気にすることなどないのだ。いや、気にしていたわけではないけれど……。

悠人《ゆうと》はまた夜の道を走っている。昼間見た朱音の笑顔を思いだすと、なぜか気持ちがざわつく。楽しそうにしていたのだからいいではないか、と思うのに、まるで自分がそのことにがっかりしているような……。そんな自分が不快《ふかい》でもあった。だから、もう坂和《さかわ》公園に行くのはやめようと思った。もし、公園に行ったら、あの子がいてもいなくても、落胆《らくたん》してしまいそうな気がした。

ところが、いざ走りだすと、やはり気になってくる。どう考えてもおかしい。親に叱《しか》られたのなら、なんだって三度も見かけたのだろう。結局、悠人《ゆうと》は、またしても坂和《さかわ》公園の方を目指すことになった。

いるだろうか。もう、いないだろうか……。

白い街灯に照らされたブランコ。そこに少女は、いた。

人が近づいてきたことがはっきりわかるように、ことさらに、地面をけずるようにして歩みよる。白いスニーカー。昼間見たものと同じだ。この子は、朱音《あかね》と呼《よ》ばれていた子なのだ。坂和中学二年生の。

「何してんの？」

朱音が顔を上げた。その顔を見て、悠人はたじろぐ。直感的に、その苦しげな顔は、成《せい》績不振《せきふしん》でなやんでいる、といったたぐいのこととは異質《いしつ》なものだと感じた。でも、だとすれば、あの昼間の楽しそうな顔は、どういうことなのか。

朱音は、ただだまっていた。

「ぶっそうだっていったよな。っていうか、おれだって、疑《うたが》われたって、おかしくねえか。おれ、前にもいったけど、緑中《みどりちゅう》の三年で、柏木《かしわぎ》悠人。あんたは？」

「関係ない」

「べつに、無理にいわなくてもいいけど」

少し間をおいて、朱音《あかね》は口を開いた。

「……富沢《とみざわ》、朱音」

「なんで、こんな夜にひとりでいるの？」

「…………」

「あれこれ詮索《せんさく》する気はねえけどさ」

「息ぬき、かな」

朱音がかすかに笑った。夜に見るはじめての笑顔だ。とはいえ、それは、きいていて苦しくなるほど、ひどくかわいた笑いだった。

「帰ろう。送るから」

返事はなかったが、朱音は素直《すなお》に立ちあがった。そして、無言のまま歩く。坂和《さかわ》ヒルズの建物が見えてきたところで、

「ほっといて、とか、余計《よけい》なお世話、とか、いわれるかと思った」

というと、朱音は、上半身をねじるようにして、正面から悠人《ゆうと》を見た。その目の光に、や

はりたじろぎそうになる。

やがて、朱音《あかね》は視線《しせん》をゆっくりと空にむけた。つられるように、悠人《ゆうと》も空を見る。晩《ばん》秋《しゅう》の夜空に、星がまたたいていた。

朱音は、ぺこりと頭を下げてから建物の中に消えた。

なんのための息ぬきなのだろう。勉強？　兄のように、いい高校を目指しているとか？

と考えて、悠人は首を横にふる。坂和《さかわ》ヒルズに住むような子なんて、自分とは関係ない。

そう思うのに、次に走るときもまた、自分は坂和公園に行かずにはいられなくなりそうだ。

いったいなぜなのか。悠人は自分の気持ちがわからなくなっていた。

4

いつもより二十分ほど早く家を出た悠人《ゆうと》は、坂和《さかわ》公園目指して走った。公園内に足を踏《ふ》みいれて見わたす。人気《ひとけ》はなかった。空《から》っぽのブランコまで歩き、いつも朱音《あかね》が座《すわ》っているブランコに座る。片手《かたて》だけチェーンをにぎり、少し後退《こうたい》してから地面をけると、きしみ音を立てて、ブランコが前後にゆれた。その動きに身をまかせる。ずっと忘《わす》れていた感覚。いつから乗ってないだろう、ブランコになんて。

この公園には、以前に二、三度、兄の直人《なおと》と来た記憶《きおく》がある。小学校の低学年のころだ。あのころは、まだ親は不仲ではなかった。あのころは、自分も単純《たんじゅん》に兄をしたっていた。あのころは、母の愛は平等だと思っていた。

朱音はあらわれなかった。今日は来ないのか。あるいはもう、夜、出歩くのをやめたのか。

それにしても、なんだってこんなに気になるのだろう。何も知らない相手なのに。朱音がまとっている孤独感《こどくかん》というか寂寥感《せきりょうかん》というか、それだって悠人《ゆうと》の手前勝手な思《おも》い込《こ》みにすぎないかもしれないのに。なんといっても、坂和《さかわ》ヒルズに住んでいる子だ。と思って、自嘲的《じちょうてき》に笑う。自分は何をやっているんだろう。

悠人は少しいきおいよく地面をける。きしみ音が大きくなった。その音にまじって、かすかな足音が耳に届《とど》く。ジャージーの上に、フリースのパーカーを羽織《はお》り、手をポケットにつっこんでいる。視線《しせん》は落としぎみ。足取りは重い。

悠人はブランコをとめた。ザリッ、ザリッと音を立てて公園内を歩いてくる朱音《あかね》を、悠人はじっと見つめた。朱音が歩く姿《すがた》を前から見たのははじめてだった。

声をかけようとして、迷《まよ》った。こんばんは……なんだか他人行儀《ぎょうぎ》だ。他人だけれど、と心の中でツッコむ。よう、とか、やあ、というのも、ちがう気がしてだまっていると、意外なことに、朱音が先に口を開いた。

「場所、とられちゃった」

「あ、ごめん、どこうか」

「いいよ」

と、小さく首を横にふる。少しだけ口もとがほころぶ。だが、何かいつもとちがう感じがした。悠人《ゆうと》は、いぶかしげに朱音《あかね》を見る。夜に会うときの朱音は、どこか思いつめたような顔でいるのだが、今日は心なしか弛緩《しかん》しているというふうで、いくぶん緊張感《きんちょうかん》がうすい気がする。まとっているオーラは、あいかわらず重いのだが……。

「何か、あった？」

「……何か？」

「どういったらいいのか、つかれたような顔してるから。体調とか……」

「風邪《かぜ》なんて、ひいてられないし」

いいながら、朱音は顔を背《そむ》けて口に手をあてた。今、あくびした？

「寝不足《ねぶそく》？」

「ちょっと」

朱音は、ふたたびあくびをかみころすように、唇《くちびる》をかんでいた。少し間をおいてから、悠人はまた口を開く。

「坂和中《さかわちゅう》、だったよな。何年？」

二年だと知っているが、あえてきいた。

「二年」

「おれよりひとつ下か。部活とか、やってんの？」

朱音《あかね》は首を横にふった。

「やったことも、ない？」

「テニス。一年の途中《とちゅう》まで」

「やめちゃったんだ」

あれこれきいていやがられるかな、と思ったが、朱音はそんなそぶりを見せることもなく、隣《となり》のブランコに座《すわ》った。

「うっとうしいとか、思ってる？　おれのこと」

「…………」

「ヤバいやつかもしれない、とか」

そのときは、首を横にふった。ということは、いやがられているわけではない、と思ってもよさそうだ。

「ストーカーとかじゃないし」

今度は、首を縦《たて》にふる。口を開かせるのがむずかしい。それに、あまりしつこくきいたら、いっそうかたくなになるのではないか、という気もした。

「おれ、受験なんだよね」

「どこ、受けるの？」

はじめて、朱音《あかね》の方から問われた。それが少しうれしかった。

「東高。一年後だろ、もう、決めてる？」

「……そんな先のこと、考えられない」

「先のことって、一年なんて、あっという間だけどな」

「一日は、長い」

「へえ？」

朱音は、ブランコから立ちあがった。

「帰らなくちゃ」

そしてそのまま、ふたりで歩く。

「学校、どう？」

「どうって？」

「楽しい？」

「……ふつう」

とすれば、友だちといたときの笑顔は嘘《うそ》ではないと、思っていいのだろうか。

ほどなく、坂和《さかわ》ヒルズの前に着く。

「家、どこ？」

朱音《あかね》がきいた。

「緑町《みどりちょう》の団地《だんち》。おれ、火曜と金曜は、塾《じゅく》なんだ」

だから、来られない、そう告げたつもりだった。

「そう」

それが、何に対しての「そう」だったのかはわからないが、朱音は、一瞬《いっしゅん》、悠人《ゆうと》を正面から見て小さく頭を下げると、小走りで建物の中に消えた。

次に朱音に会ったとき、悠人はすぐに、

「歩かない？」

とさそった。この公園を夜おとずれる者などめったにいないことはわかっていたが、もしも、ふたりでいるのをだれかに見られでもしたら面倒《めんどう》だ。それよりも、歩いている方が自然だと思った。

朱音《あかね》はだまってしたがった。少しはうちとけてくれたのだろうか。あいかわらず、言葉は重いけれど。

公園から朱音の家までは五分もかからない。なので、反対の方へ二ブロックほどむかい、ぐるりと一周する。そのあいだ、とぎれとぎれの会話をする。

「きょうだい、いる？」

「……妹がひとり」

「おれは、兄貴《あにき》がひとり。おれとちがって、出来がよくてさ。一高に行ってる。妹、年は？　おれんとこは、ふたつちがいだけど」

「小二」

「ずいぶんはなれてるんだ」

「幼稚園《ようちえん》のころは、ひとりっ子だった」

「そうか、そうだよなあ。それだけはなれてると、けんかなんか、しないだろうな」

朱音は、一瞬《いっしゅん》、眉《まゆ》をよせて唇《くちびる》をゆがめた。それから、表情《ひょうじょう》をもどすと、まったくべつのことを口にした。

「天の川、見てみたい」

「ここらじゃ、絶対《ぜったい》無理だよ。山の上とか、離島《りとう》にでも行かないと」

「だね」

とつぶやいて、重いため息をつく。

ならんで歩いたのは、十分ほどのことだった。朱音《あかね》が、建物の中に消えるのを見送り、悠人《ゆうと》はまた走りだす。

なぜ、こんなことをしているのだろう。自分でもよくわからなかった。ほうっておけなかったから？　そんなたいそうな理由じゃない。

ただ、不思議なことに、今、朱音と別れてひとり走るその足取りはふだんより軽かった。


昼休みに、悠人が英語の宿題をやっていると、

「めずらしいじゃん、今ごろ」

と、前の席の中井哲矢《なかいてつや》が声をかけてきた。

「昨日、ちょっと走って、そのまま寝《ね》ちまった」

「マジ？　余裕《よゆう》ありすぎじゃね」

哲矢とは、二学期に席が近くなってから、よく話すようになった。

「っていうか、哲矢《てつや》にいわれたくねえよな。昨日も、仲よくいっしょに帰ってたろ？」

いつの間に近づいてきたのか、渉《しょう》が笑いながらいった。テニス部だった哲矢は、一学年下のテニス部の女子とつきあっている。日焼けした、いかにもスポーツが得意そうな子だ。

「しょうがねえじゃん。あいつ、すぐすねるから、相手してやんねえと。めんどくせえって思うけどさ」

言葉とはうらはらに、哲矢の表情《ひょうじょう》はにやけている。

哲矢の親は共働きで、父親は有名な企業《きぎょう》に勤《つと》めているし、母親は学校の教師《きょうし》だ。経済的《けいざいてき》にも余裕《よゆう》がある家に育ったせいか、ひねたところがない。カノジョがいる自分を、少しばかりひけらかすようだと感じさせることもあるが、どちらかというと天然タイプで、悪気はない。そこが、ときどき、悠人《ゆうと》のカンにさわるところではあるけれど。四つ下の弟がいて、たまに話題にのせるが、兄弟仲はよさそうで、つくづく、世の中にはいろんな家庭があると思う。

「マメだよな。受験生で女子とつきあうなんて、考えただけでソンケーするよ」

悠人の言葉は本音ではあるが、能天気《のうてんき》に見える哲矢への皮肉もまじっている。しかし、すぐに渉が、

「いうなよ。ひがんでるみたいだし」

と舌打《したう》ちする。渉《しょう》も悠人《ゆうと》と同様、これまで女子とつきあったことなどない。だが、渉は、どうやら本気で哲矢《てつや》をうらやんでいるらしい。そこが自分とはちがう、と悠人は思っていた。

たしかに哲矢はマメだ。夏休みも何度か、いっしょに出かけたりしたようだし、しょっちゅうラインでやりとりしている。しかし、哲矢にかぎらず、つきあう相手がいるクラスメイトを、うらやましいと思ったことはなかった。正直なところ、あれこれ相手に気をつかいながら行動するなど、面倒《めんどう》でしかない。

「めんどくせえ」

女なんて、という言葉はさすがに口にしなかった。

「悠人はクールだよな。もてねえわけじゃねえのに」

もてねえわけじゃねえ、というのは、もてる、とはちがう。兄の直人《なおと》は、もてる、といってもいいだろう。

それでも、小学生のころは、素直《すなお》にバレンタインデーにもらうチョコを喜んだりしたものだ。たとえその数が、直人よりもずっと少なくても。悠人くんが本命だから、なんていわれて舞《ま》いあがったこともあった。

女子とかかわりたくない、と思うようになったのは、中学に入ってからだ。親しげに近づいてくる女子が、秘《ひ》めごとを告げるとでもいうように、小声でささやく。――柏木《かしわぎ》のお兄さん、どこ受けるの？　お兄さん、つきあってる人、いる？　本人にきけよと、ぶっきらぼうに返したときの、がっかりしたような顔。きけないからあんたにきいてるんでしょ、といいたげな様子に、あえて気づかぬ顔をする。

そんなことがあってから、悠人《ゆうと》が女子と口をきくことは、めっきり減《へ》った。今は、クールといえばきこえがいいが、無愛想なタイプと思われているだろう。

「悠人は、マジ、いいな、と思う子とか、いねえの？」

そのとき、ふと、朱音《あかね》の顔がうかんだ。だが、すぐに首を横にふる。あの子は、そういうのとは、ちがう。

「受験生にきくことじゃねえよな」

悠人は、かわいた声で笑った。

「おれは、高校行ったら、ぜってえカノジョつくる」

そう宣言《せんげん》した渉《しょう》は、きゅっと唇《くちびる》をかんで、みずからを鼓舞《こぶ》するように、二度三度とうなずく。そんな渉《しょう》を、ついほほえましいような思いで見る。素直《すなお》で明朗《めいろう》ないいやつ。一度だけ、家に行ったことがあるが、母親は感じのいい人だった。たぶん渉には、家での心配ごとなどないのだろう。

高校。そこに、期待できるものは、はたしてあるのだろうか。

坂和《さかわ》公園のブランコではなく、すべり台の上に立って、悠人《ゆうと》は朱音《あかね》をまっていた。こうして人をまっているときというのは、時間の流れがおそくなるような気がする。

二度、時計を見る。前回、朱音が来たのは九時五分前だった。今がその時刻《じこく》だ。朱音はあらわれない。べつに、約束したわけではない。もう少しまって来なければ、走って家まで帰るだけだ、そう思ったのに、また時計を見る。やはり来るのを期待しているのだろうか。会いたいと思っているのだろうか。だとすれば、なぜだろう。

昼間、渉たちと交わした会話がよみがえる。いいな、と思う女子……。ちがう。やはりそういうのではない、と思う。朱音については、何も知らない。どんな子なのか、趣味《しゅみ》は何か、とりたてて、知ろうとも思わない。それでも、まっている。朱音には、どうしようもなく悠人の心をひきつけるものがあるのだ。

かすかな足音が耳に届《とど》いた。来た。びくんと、心がはねた。

ザリッ、ザリッと砂《すな》まじりの土をふむ音。すべり台の上から俯瞰《ふかん》する景色は、いつもとはちがう場所のようにも見えた。

朱音《あかね》はうつむき加減《かげん》で、ブランコに近づいてくる。目には見えない重いものがのしかかってでもいるかのように、肩《かた》が落ちている。ブランコの前に立った朱音が小さく息をはく。ほんの一瞬《いっしゅん》、何かをさがすように頭をめぐらす。悠人《ゆうと》をさがしたのだろうか。だが、朱音の視界《しかい》に、少しはなれた高い位置にいる悠人は映《うつ》らない。

悠人は、すべり台の上からとびおりた。ザグッと音を立てると、朱音が、びくっとしたように半歩退《しりぞ》く。

「ごめん。驚《おどろ》かす気はなかった」

「……だれもいないかと思った」

「のぼってみねえ？　すべり台の上」

拒否《きょひ》されるかと思ったが、朱音は素直《すなお》に近づいてきて、階段《かいだん》をのぼった。

「なんか、ちょっとだけ、ちがって見えるだろ」

悠人は、朱音を見上げながらいった。朱音が、わずかに口もとをゆるめた。

「一メートル五十センチだけ、星が近くなったかも」

幼《おさな》いころ見上げたすべり台の高さは、わずか一メートル半。悠人《ゆうと》の目の高さに、朱音《あかね》の白いスニーカーが見えた。

「星、好き？」

悠人がきく。

「好き」

そう答えながら、朱音は手すりをまたいだ。

「とぶの？」

「うん」

「だいじょうぶか？」

「だいじょうぶ」

朱音の身体《からだ》が、空にとびだす。その刹那《せつな》、手を広げて舞《ま》いあがったような気がした。それはもちろん錯覚《さっかく》で、朱音はまちがいなく引力の法則《ほうそく》にしたがって、たしかな重量感をともなって地面に降《お》りたった。少しよろけて、片足《かたあし》を前にふみだした朱音の腕《うで》を、悠人はとっさにつかんだ。

至近距離《しきんきょり》で、目があった。ほんのりと上気した笑顔。なぜか本ものの笑顔だと思った。そのとたん、ずきっと胸《むね》が痛《いた》んだ。朱音《あかね》は、まだ風呂《ふろ》に入る前なのか、少し汗《あせ》の臭《にお》いがした。


視線《しせん》をそっとずらして、悠人《ゆうと》は手をはなすと、

「歩く？」

ときいた。見なくても、うなずいたような気がして、歩きだす。

「月は？」

省略《しょうりゃく》した言葉は、好きか、ということだが、朱音にはちゃんと伝わったようだ。

「明るいと、星が、見えない」

「そりゃあ、そうだよな」

「けど、地平線に近いとき、ぼーっと見える月、好き。満月じゃなくて」

「満月は、この時間だと、けっこう高いもんな」

朱音が、隣《となり》でうなずく。それきり会話がとぎれた。悠人は、朱音が好きだという月を思いえがきながら、話の接《つ》ぎ穂《ほ》をさがすようにきいてみた。

「誕生日《たんじょうび》、いつ？」

「六月十日」

「へえ、じゃあ、今、同い年だな。おれ、早生まれだから」

「何月？」

「三月三日」

朱音《あかね》が、くすっと笑った。

「よりによって、ひな祭りだもんな。そっちは、時の記念日だな」

「よく知ってるね」

「常識《じょうしき》だろ？」

「みんな知らないよ」

ならんでゆっくりと歩く。朱音は、ときどき空を見上げる。そのたびに、悠人《ゆうと》もつられるように、空を見た。

「しんどいこととか、ある？」

「……なんで？」

なんで、そんなことをきくのか、ということだろう。

「最初に見たとき、そんな気がしたから」

それからあとも、同様に感じていたのだが、そのことは口にしなかった。

「まあ、いろいろ。そっちは？」

「受験生だし。いろいろたいへんだよ」

「そっか」

「すぐ、やってくるよ」

「どうなっちゃうのかな、高校受験なんて……」

「友だちとか、いる？」

「……いるよ」

「何、話すの？」

そうききながら、いつかの下校風景を思いだす。友だちにどこかに行こうと誘《さそ》われていたのだ。それを断《ことわ》ったのはなぜなのだろう。あのとき、中間テストが悪かった、といっていたが。

「勉強のこととか、恋《こい》バナとか、かな」

「おれのダチも、高校行ったらカノジョつくるって、ほえてるけど」

「そういうの、いいね。楽しそうで」

少し、空気が冷えた。まるで自分には関係がないとでもいうような、冷淡《れいたん》なもの言いだったのだ。

そうこうするうちに、坂和《さかわ》ヒルズの前に来た。

「着いちゃった」

朱音《あかね》がふっと息をはく。

「じゃあ、また」

悠人《ゆうと》が軽く手を上げると、朱音はこくっとうなずいて、エントランスの中に入っていく。キー操作《そうさ》で自動ドアが開いたとき、朱音は一度ふりかえり、小さく手をふった。それからすぐに、姿《すがた》は見えなくなった。


壁《かべ》も天井《てんじょう》も白い。無味乾燥《むみかんそう》の箱の中だ。いかにも清潔《せいけつ》そうな空間だが、居心地《いごこち》がいいわけではない。いやむしろ、有形無形の圧力《あつりょく》を感じる場所だ。鉛筆《えんぴつ》を走らせる手を一瞬《いっしゅん》とめて天井を見る。一列にならぶ蛍光灯《けいこうとう》。白い灯《あか》り。生徒たちの顔も白い。

学校とちがって、塾《じゅく》は黒板ではなくホワイトボードだ。何色ものボードマーカーを使って書きつらねながら、明瞭《めいりょう》な滑舌《かつぜつ》で話す英語講師《こうし》の言葉が、素通《すどお》りしていく。外に広がる窓《まど》はなく、時計を見なければ時間もわからない。ちらっと時計を見る。午後八時。今ごろ、朱音《あかね》は何をしているのだろうか。悠人《ゆうと》が行けない日も、やはりあの公園に行くのだろうか。

塾《じゅく》の休憩《きゅうけい》時間に、

「なんか、ぼんやりしてないか？」

と、博貴《ひろき》にいわれてしまった。

「あ、うん。まあ、いろいろ面倒《めんどう》だな、とか」

「あと数か月のしんぼうだよ」

「まあ、そうだけど……あのさあ、おまえ、妹、いるっていってたよな？」

前にきいた話では、たしか年子だったはずだ。とすれば、坂和中《さかわちゅう》で朱音と同学年ということになるから、朱音のことも知っているかもしれない。

「うん。おれより出来がいいから、一高目指すって。十月から、塾にも来てるよ」

「ここ？」

「うん。二年の特進クラス」

「今日は？」

「来てるはずだけど」

「おれ、ちょっと、ききたいことあって。坂和中《さかわちゅう》の子のことで」

「じゃあ、ラインしとくよ。先に帰るなって」

その日、授業《じゅぎょう》が終わった悠人《ゆうと》が、博貴《ひろき》とともに建物の外に出ると、メガネをかけた少女が立っていた。

「妹。美里《みさと》」

博貴があごをしゃくると、ぺこっと頭を下げた。きりっとした表情《ひょうじょう》のいかにもまじめそうな子だった。

「あ、おれ。緑中《みどりちゅう》の柏木《かしわぎ》悠人」

「知ってます。柏木直人《なおと》さんの弟でしょ」

他校の、三つも下の生徒が直人を知っている。なんだかげんなりしてしまった。

「柏木の兄貴《あにき》、マジ、有名だもんな」

「全国模試《もし》で一けただもの」

美里の表情が、どこかうっとりとするようなものにかわる。

「兄貴のことは、どうでもいいし。あのさ、富沢《とみざわ》って、知らない？」

「富沢？　富沢朱音《あかね》のこと？」

「そう。そんな名前だったかな」

と、あえてさほどの知り合いではない、という口ぶりで悠人《ゆうと》はいった。

「富沢《とみざわ》さんの、知り合いなんですか？」

「……知り合いの、知り合いって、とこかな。どんな子かなって」

「どんな子って……。隣《となり》のクラスで、体育がいっしょなだけで、話したことないし、よく知らないけど。今年の春、二年になったとき、転校してきたんです」

「転校生なんだ。よそから引《ひ》っ越《こ》してきたのかな」

「引っ越してきたのは、坂和《さかわ》ヒルズができたときのはずだから、四年ぐらい前だと思うけど。東京の橘花《きっか》学院に行ってたらしいです」

「そこって、たしか、お嬢《じょう》さま学校じゃね？」

博貴《ひろき》が口をはさんだ。悠人もついうなずくと、美里《みさと》が、

「今は、共学だよ」

と修正《しゅうせい》する。もともと女子校だったのが、数年前に共学になったのだという。幼稚園《ようちえん》から大学まで、エスカレーターで行ける学校で、学力レベルもまずまずのようだ。

「そこから、転校してきたってわけ？」

美里《みさと》は小さくうなずいた。

「橘花学院《きっかがくいん》って、雰囲気《ふんいき》のいい学校って評判《ひょうばん》だったから、何があったんだろって、ちょっとうわさになったけど」

「案外、そういうとこの方が、いじめとか陰湿《いんしつ》だったりしてな」

博貴《ひろき》がちゃかすようにいうと、美里はかすかに眉《まゆ》をひそめた。

「そんな感じじゃなかったよ。わりとすぐに、クラスにはとけこんだみたいだし。でも、このあいだ、遅刻《ちこく》してきたの見かけたけど」

遅刻ときいて、先日、寝不足《ねぶそく》といっていたのを思いだす。夜、眠《ねむ》れないようなことが、何かあるのだろうか。

「なあ、柏木《かしわぎ》の知り合い、その子に、興味《きょうみ》あるんだろ？」

博貴は、悠人《ゆうと》が友人のために、朱音《あかね》の情報《じょうほう》をえようとしていると、カンちがいしてくれたようだ。なので、悠人もそれに乗って、

「まあ、そんな感じかな」

と笑うと、博貴が妹にきいた。

「その子、かわいい？」

「もう、お兄ちゃん、そんなことばっかいってて、勉強だいじょうぶ？」

美里《みさと》は、わざとらしく眉《まゆ》をひそめた。

それにしても、橘花《きっか》学院から転校とは、やはり、学校で何かいやなことがあったのだろうか。夜、眠《ねむ》れないような……。

5

社会の授業中《じゅぎょうちゅう》、ため息をついて、教師《きょうし》にいや味《み》をいわれた。

「柏木《かしわぎ》、授業がたいくつか？」

「すみません」

と、素直《すなお》にわびる。いや、素直なふりをしてわびる、という方が正しいだろう。この教師は卓球部《たっきゅうぶ》の顧問《こもん》をしている関係で兄のことをよく知っており、入学した当初、兄の名を出して品定めするように悠人《ゆうと》を見た。そんな教師は、ひとりふたりではなかったから、悠人は教師という人種に対して不信感をつのらせてしまった。

視線《しせん》だけを教科書に落として、悠人はまたべつのことを考える。さっきのため息は、朱《あか》音《ね》のことを考えていたせいだった。

悠人が夜走るのは週三日。その日は、十五分ほど、朱音とならんで歩く。ぽつりぽつりと話すようにはなったが、まだ相手がどんな人間なのかもよくわかっていない。こういう関係をどういいあらわしたらいいのだろうか。

あの散歩を、気分転換《てんかん》であり、息ぬきといった朱音《あかね》。中学生で、親がきびしいとすれば、それは勉強からの息ぬきと理解《りかい》すべきだろうが、悠人《ゆうと》はそうではないと思っている。朱音は、もっと重たい何かを背負《せお》っている。

いつまでも、こんなことをしているわけにはいかないと、頭ではわかっていた。ランニングもたいがいにしておけと、自分でも思う。これで風邪《かぜ》でもひいて、受験に失敗したらいい笑《わら》い種《ぐさ》だ。家の経済状態《けいざいじょうたい》を考えれば、私立《しりつ》という選択肢《せんたくし》などないのだから。

それでもたぶん、悠人はまた、坂和《さかわ》公園まで走っていくのだろう。

最近、ふと気がつくと、朱音のことを考えていることがある。ひかれているのだろうか。悠人には、そうだともそうでないとも、断《だん》じることができなかった。


建物の外に出たとたん、強風に吹《ふ》きつけられて、思わず顔をしかめた。落ち葉がからからとアスファルトの路上を舞《ま》う。

見上げると、空はよく晴れわたっていたが、北寄《きたよ》りの風が冷たい。数日前に、東京で木《こ》枯《が》らし1号が吹いたとニュースでいっていたから、今日は木枯らし2号というところだろうか。悠人《ゆうと》は、理科で習った、木枯《こが》らし1号の定義《ていぎ》を思いうかべる。――西高東低の冬型の気圧《きあつ》配置で、北寄《きたよ》りの風で、風速何メートル以上だったっけ、と首をひねる。ついこのあいだ、理科の問題集で見たはずなのに。

まだ明るみは残っているが、少し前に日は地平の下にかくれていた。空の青が、すみれ色にかわっていく中、軽いジョギングという感じで歩を進める。むかう先は、もよりのスーパーマーケットだ。そこで靴《くつ》を買うつもりだった。

二階にある靴売り場で、アディダスの白いスニーカーに目をとめた。朱音《あかね》がはいていたのとよく似《に》た靴だ。ほしい、と思ったが、予算オーバーだった。自分のこづかいとあわせて買おうかとあれこれ持ち金を計算してみたが、結局、無駄《むだ》づかいはできないと思いなおし、グレーの安いスニーカーを買った。

靴の入ったビニール袋《ぶくろ》をぶらさげて、下りのエスカレーターに乗ったとき。

「あっ」

思わず声が出た。地下の食品売り場に降《お》りていこうとする少女の、えんじ色のジャージーに見覚えがあった。白っぽいジャケットは見たことがないが、まちがいなく、朱音だった。なんでこんなところにいるのだろう。朱音の家からは、もっと近いスーパーマーケットがあったはずだ。

それだけではない。朱音《あかね》は、ひとりではなかった。

小さな女の子の手をひいている。ツインテールにした小学校低学年くらいの子は、妹にちがいない。

悠人《ゆうと》は思わず、あとを追った。

スーパーの食品売り場など、めったに来ない。フロアは圧倒的《あっとうてき》におとなの女性《じょせい》が多く、いささか気おくれしたが、周囲に視線《しせん》をめぐらして、野菜売り場にいた朱音を見つけた。

少しはなれたところから様子をうかがっていると、朱音は、妹の手をひきながらも、次つぎに食材をかごに入れていく。タマネギ、にんじん、ジャガイモ……。そのためらいのなさに驚《おどろ》いた。朱音はやがて、肉売り場に移動《いどう》した。パックになった肉をすばやくとり、かごに入れる。ほかにも、いくつかの商品を選んでからレジにむかう。悠人は、一階の入り口にもどって、朱音をまつことにした。外はすでに暗がりが広がっていた。

ほどなく、朱音が出てきた。片手《かたて》で重そうにビニール袋《ぶくろ》をさげ、もう片方の手で妹らしき少女の手をにぎっている。

「もとうか?」

声をかけると、朱音《あかね》は、びくっとしたようなそぶりで半歩下がった。

「柏木《かしわぎ》さん……」

「買いもの？　って、見りゃあわかるよな」

朱音はなぜか頬《ほお》を少し赤くしたが、まっすぐに悠人《ゆうと》を見上げて、同じことをきいてきた。

「……買いもの？」

「靴《くつ》をね。前のがやぶけちゃってさ。ほんとは、富沢《とみざわ》さんのみたく、アディダスとか、ほしかったけど、予算オーバー。うち、貧乏《びんぼう》だから。もつよ。重そうだし」

「だいじょうぶ」

といって、朱音は目をそらした。朱音に手をつながれた幼《おさな》い少女は、だれだろう、というふうに悠人を見つめてから、はずかしそうに、朱音にぴたっとはりついてうつむく。目や口の形が、朱音によく似《に》ていた。

「妹さん、だよね？」

「あ、……うん。和花《のどか》」

悠人は、笑いかけてみたが、相手から笑顔は返してもらえなかった。

「もつよ」

ビニール袋《ぶくろ》に手をのばしかけた悠人《ゆうと》だが、朱音《あかね》は、ぴしゃりとはねつけるような口調《くちょう》でいった。

「だいじょうぶ」

そのまま、ならぶようなかたちで歩いたが、なぜだか、人をよせつけない雰囲気《ふんいき》をかもしだしていて、少し乱暴《らんぼう》に和花《のどか》の手をひっぱるように、足を速める。

「おねえちゃん、痛《いた》い」

「急がないと、ママが心配するでしょ」

「しないよ。どうせ、ママ、寝《ね》てるもん」

「和花！」

けわしい声を出した朱音だったが、歩みはゆるめたので、悠人はまた横にならび、

「なんか、へんな感じだな。昼間、会うって」

と、悠人がいった。

「……そうだね。まさか、こんなところで」

「ここに、よく、来るの？」

「……たまに」

「家の、手伝いしてるなんて、えらいんだな」

そのとき、朱音《あかね》がふいに足をとめた。

「……どうかした？」

「……母がね、病気で。じゃあね。和花《のどか》、行くよ」

そっけなくいうと、朱音は背《せ》をむけた。

おりからの強風に、手にさげたスーパーのビニール袋《ぶくろ》がパタパタと音を立てた。悠人《ゆうと》は、その場に立ちすくんでふたりを見送った。朱音はふりむかなかったが、眉《まゆ》をハの字にした和花が、一度だけふりかえって悠人を見た。

少しのあいだ、ふたりの背中を見送ってから、悠人も歩きはじめた。朱音の様子は、明らかによそよそしかった。何か、気にさわるようなことをいったのだろうか。


その日、いつものように、悠人は坂和《さかわ》公園まで走った。

日中の強い風はおさまっていたが、ときおり頬《ほお》をなでていく風は冷たい。家を出るのがおくれて、着いたのもふだんより少しばかりおそい時刻《じこく》だったが、朱音は来ていた。ブランコにぼんやりとした表情《ひょうじょう》で座《すわ》っていた朱音に、

「富沢《とみざわ》さん」

と声をかけると、はっとしたように顔を上げた。悠人《ゆうと》が近づくのに気づかなかったのだろうか。

「どうかしたの？　ぼんやりして」

悠人の言葉に、朱音《あかね》は、いぶかしげに眉《まゆ》をよせた。めずらしく、朱音の表情《ひょうじょう》からいらだちを感じる。

「あ、でも、お母さんの病気、よくなったのかな。夜の散歩に来てるってことは」

すると、朱音はいっそう眉をよせて、ブランコから乱暴《らんぼう》な動作で立ちあがった。ブランコがゆれて、きしみ音を立てる。どうしたのだろう、なんだかいつもの朱音と様子がちがう。悠人は、おそるおそるきいた。

「何か、あったの？」

「べつに。いつもどおりだよ」

冷ややかな声だった。いったいどうしたのだろう。何か、朱音を怒《おこ》らせるようなことをいったただろうか。夕方、スーパーマーケットで会ったときも、みょうによそよそしかったが、その理由については、悠人に思いあたる節《ふし》はなかった。

朱音《あかね》が、早足で歩きだしたので、悠人《ゆうと》はあわててあとを追いながら、また話しかける。

「えらいなって思ったんだ。家の手伝いして。妹さんもかわいがってるし」

朱音はふいに足をとめた。それから、けわしい目で悠人を見つめる。そして、

「手伝いなんて、してない！」

と、叫《さけ》ぶようにいうと、背《せ》をむけて走りだした。悠人は、それをぼうぜんと見送った。


次の日、悠人は塾《じゅく》に行くとすぐに、博貴《ひろき》に歩みよってきいた。

「今日、美里《みさと》ちゃん、来てる？」

「あ、うん」

「ちょっとまた、ききたいんだけど」

博貴は、少しいぶかしげな表情《ひょうじょう》を見せたが、すぐに、

「いいけど」

といって、ラインで知らせてくれた。

塾が終わると、前と同じように美里は、建物の外でまっていた。

「中にいればいいのに」

博貴《ひろき》の言葉に、美里《みさと》は、ちょっと頬《ほお》をふくらませる。

「お兄ちゃんまってるなんて、思われたくないもん」

「ごめん。おれのせいで」

悠人《ゆうと》がわびると、美里は首を横にふった。

「柏木《かしわぎ》さんには、お兄ちゃんが世話になってるから。ひょっとして、富沢《とみざわ》さんのことですか？」

「あ、うん、まあ」

「柏木さんに、前にきかれたせいかもしれないけど、ちょっと気になって。富沢さんと同じクラスの子から、授業中《じゅぎょうちゅう》居眠《いねむ》りして、先生にいや味《み》いわれたってききました」

「居眠り？」

「そう、なんとなく、生活乱《みだ》れてるのかなって。よく遅刻《ちこく》するらしいし。あと、制服《せいふく》にしわがあったり。もちろん、目立つほどじゃないですけど」

「その子、突然《とつぜん》、キレたりする？」

「それは、きいたことない。でも、担任《たんにん》の先生には、ちょっと反抗的《はんこうてき》なとこがあるみたいです」

「反抗的《はんこうてき》？」

「べつに面とむかって逆《さか》らったりするわけじゃないようですけど」

「何かあったのかな」

「っていうか、柏木《かしわぎ》、ほんとに友だちの友だちなのか？」

博貴《ひろき》にきかれて、悠人《ゆうと》は少し狼狽《ろうばい》した。

「どういう意味だよ」

博貴を軽くにらみながらも、美里《みさと》には礼をいった。


夜道を歩きながら、今しがたきいた美里の言葉を反芻《はんすう》する。生活が乱《みだ》れているって、どういうことだろう。それから、朱音《あかね》の言葉を思いだす。手伝いなんて、してない、といったが、あれはどういう意味なのだろう。買いものをして、妹の世話をして、それが手伝いではない、とは。

昼間、母親が病気だと告げた。けれど、夜は、いつもどおりだといっていた。

「まてよ？」

思わず声が出た。つまり、母親は、いつも病気、ということなのだろうか。

詮索《せんさく》したところで、ほんとうのことがわかるわけはない。悠人《ゆうと》は立ちどまって首を横にふる。目の前に続く暗い夜道を見すえる。むしょうに胸《むね》がざわついた。

土日をはさんだので、悠人が坂和《さかわ》公園にむかって走るのは、四日ぶりだった。この日は、どんよりと曇《くも》った日で、頬《ほお》をなでる風が湿気《しっけ》をふくんで重く感じられた。雲が広がっているせいか、夜空がやけに白っぽく見えた。

公園に足をふみいれるとき、悠人は自分が緊張《きんちょう》しているのを意識《いしき》した。ブランコに近づいていったが姿《すがた》がない。が、ゆっくりと頭をめぐらしてすべり台の上に目をとめる。朱音《あかね》は縮《ちぢ》こまって体育座《たいいくずわ》りをして、空を見上げていた。

ことさらに足音を立てて近づいていくと、朱音は、立ちあがった。おもむろに手を上げたので、とびおりるのかと思ったが、かがんで足をのばすと、すべりおりてきた。

「とべないよね、鳥じゃないから」

朱音はかわいた声で笑った。前は、とびおりたのに。まるで、羽がもがれたとでもいうようではないか。だまっていると、また朱音が口を開いた。

「何もかも捨《す》てて、逃《に》げだしたくなることとか、ある？　なんのために、生きてるのかな、なんて考えたり」

重たいことをいっているのに、なぜだか朱音《あかね》の口もとにはうっすらと笑みがうかんでいる。けれどそれは、ほんとうの笑顔にはほど遠い。まるで表情《ひょうじょう》のない仮面《かめん》が口角《こうかく》だけ上げたような顔だった。悠人《ゆうと》は、朱音から視線《しせん》をはずして、つぶやく。

「……あるよ」

それから、視線を朱音の目にもどす。そのとたん、最初に朱音に声をかけた日、ほうってはおけないような気がしたことがよみがえる。たぶんあのとき、自分の思いに重なるものを直感的に感じたのだ。

「べつにさ、すごくこまってるわけじゃねえけど。父親は女つくって、出てっちゃってさ。家は貧乏《びんぼう》だけど、だからって、食ってけねえってほどでもねえし。兄貴《あにき》の出来がよくて、いつも教師《きょうし》や親戚《しんせき》にくらべられたってさ、友だちがいないわけじゃねえ。たぶん東高には受かるだろうし。東高なら、そこそこだろ」

そんな言葉をはきだしながら、自分は何をいっているのだろうと、思った。知りあってまだ半月もたたない、名前以外、ほとんど何も知らない女子を相手に？　そう思いながらも、悠人は言葉を押《お》しとどめることができなかった。

「兄貴《あにき》がさ、おまえはずるいっていうんだ。おれにいわせりゃ、ずるいのは、あっちだよな。みんないいとこもってっちゃってさ。うちは、兄貴を中心にまわってるんだ。母親とかも、兄貴にしか興味《きょうみ》もってねえし。おれが、突然消《とつぜんき》えても、だれもなんも感じないだろうから。正直、自分が、存在《そんざい》する意味、わかんねえんだよな」

はきだすような言葉。自分でも驚《おどろ》いた。こんなことを口にするなんて……。でも、ほんの少しだけ、気持ちが高揚《こうよう》する。

しばしの沈黙《ちんもく》のあとで、

「……わたしは……」

と、朱音《あかね》はためらいがちに口を開いたが、すぐにきゅっと唇《くちびる》を結ぶ。

「いえば？　ほかに、だれもいねえし」

「……わたしは、いなくなんて、なれないんだ。わたしがいなかったら、うちが、こわれちゃうから」

「こわれ、ちゃう？」

「会いたくなかったよ。昼間になんか」

「この前のこと？」

「そう。だれかに見られたくない。主婦《しゅふ》みたいに、買いものしてるのなんて。たいへんだね、なんていわれたくない。妹をかわいがって、やさしいお姉さんだね、なんて。何もわかんないくせに。和花《のどか》のことだって、どなっちゃうんだよ。だって、わたしがツインテール、結んでやるのに、気に入らないってぐずるから、いらいらして。テレビとか、見てないし。アイドルとかも、わかんなくなっちゃってる。おしゃれとか、できないし。やさしくなんかない。宿題だってできない日がある」

「…………」

「帰らなくちゃ」

「富沢《とみざわ》さ……」

「へんなこと、いっちゃった。忘《わす》れていいよ」

朱音《あかね》は、そういうと、背《せ》をむけて歩きはじめる。その背中を少しのあいだ見送っていたが、悠人《ゆうと》はあわててあとを追った。

「……お母さん、ずっと、病気なんだね」

返事はなかった。でもたぶん、あたったようだ。

「お父さんは？」

「名古屋。単身赴任中《ふにんちゅう》」

それ以上、何もきけなかった。坂和《さかわ》ヒルズが見えてきたとき、ぽつりと冷たいものが頬《ほお》にあたる。

「雨だ……」

ついそうつぶやいたのは、沈黙《ちんもく》にたえられなかったからかもしれない。悠人《ゆうと》は、そっと息をはく。やっぱり、きかなくては。

「手伝いなんて、してないっていったよね」

「……」

「それって……」

「家事の手伝いじゃなくて、家事なんだよ」

朱音《あかね》は、抑揚《よくよう》のない声でそういうと、建物の方に走っていった。

にわかに、雨脚《あまあし》が強くなった。でも、走りだすことができなかった。

ようやく、朱音の秘密《ひみつ》が明かされたような気がした。

悠人は歩きながら、朱音が口にした言葉を思いうかべる。――テレビとか、見てないし。

アイドルとかも、わかんなくなっちゃってる。

テレビ番組をネタにもりあがる女子トークにも、すんなり入れないのかもしれない。でも、そのことを口にはできずに、笑ってごまかしているのだろうか。それだけならまだしも、勉強もとどこおりがちになるし、遅刻《ちこく》してしまうことも、つい居眠《いねむ》りしてしまうこともあったとすれば？　学校では事情《じじょう》を知らない周囲から、生活が乱《みだ》れている、と思われて。

しかも、母の病気の心配をしながら。

朱音《あかね》はずっと、そんな日々をすごしてきたのだろうか。

いつだったか、寝不足《ねぶそく》だといっていたのは、家の手伝いがたいへんだったせいなのかもしれない。いや、手伝いではないのだ。そんなお手軽なものではない、ということなのだ。

空を見上げると、ちょうど雨粒《あまつぶ》が目に入った。悠人《ゆうと》は、晩秋《ばんしゅう》の冷たい雨にぬれながら、歩いて家に帰った。

ぬれたままダイニングに入ると、

「あら、雨なの？」

と母がいった。テレビがついていたせいか、雨音に気づかなかったようだ。画面は、にぎやかなお笑い番組だった。

「今、お風呂《ふろ》、直人《なおと》が入ってるから」

すぐには入れない、ということだろう。むすっとした表情《ひょうじょう》で、

「テレビ、見てないなら、消せば？」

という。

「見てるわよ」

「ばかばかしい番組？」

「だからでしょ。気分転換《てんかん》がいるの」

それには応《おう》じないで、部屋にひっこむ。ぬれたジャージーをぬぎすてて、ねまき代わりのスウェットに着替《きが》える。

今ごろ、朱音《あかね》は何をしているのだろうか。

最初は、同類かと思った。だから気になった。坂和《さかわ》ヒルズの住人であることを知ったときは、がっかりした。でも、朱音が今かかえている状況《じょうきょう》は、悠人《ゆうと》の想像《そうぞう》をこえてきびしそうだった。

父親が単身赴任中《ふにんちゅう》だといっていた。家族はほかに妹。つまりは、朱音が母の看病《かんびょう》をしているということなのだろう。母親の病気がどの程度《ていど》のものなのか、いつからなのかはわからないが、悠人と出会ったときには、すでに病気だったはずだ。とすれば、もう一か月以

上になる。いや、もっと前からかもしれない。

悠人《ゆうと》は、自分がひどく甘《あま》えたことを口にしてしまったような気がしていた。でも、嘘《うそ》をいったわけではない。本気だったのだ。あの瞬間《しゅんかん》、わかりあえるんじゃないかと、そんなふうに感じた。鳥じゃないから、という言葉をきいて、悠人も同じようなことを考えていたと思ったのだ。


翌朝《よくあさ》、目が覚めたら、喉《のど》がひりひりした。しかし、悠人はそのことは母にも告げずに登校した。ところが、時間がたつほどに身体《からだ》がだるくなってきた。どうやら本格的《ほんかくてき》に風邪《かぜ》をひいてしまったようだ。ほうほうの体《てい》で家に帰ると、そのままベッドに潜《もぐ》りこむ。

鼻水がとまらなくて、あっという間にゴミ箱がティッシュの山になった。

六時過《す》ぎに母が帰ってきたので、今日は、塾《じゅく》に行かないと告げるために、ダイニングに行った。ひどい声だったので、説明はいらなかったようだ。

「夕飯はどうする?」

「塾弁《じゅくべん》でいい」

「じゃあ、レンジで温めたらいいわ」

悠人《ゆうと》は、いわれたとおり、レンジで温めて、先に食べることにした。食欲《しょくよく》はなかったが、無理につめこむ。ハンバーグに卵焼《たまごや》き、サラダ……。

兄が帰ってきたのは、ちょうど悠人が食べおわったときだった。

「塾《じゅく》じゃねえの？」

「風邪《かぜ》ひいたみたい。昨日、雨にぬれたからね」

と、母が説明する。

「バカじゃね？　たるんでんだよ。期末前だろ。内申点《ないしんてん》だって影響《えいきょう》するのに」

「うるせえな」

低い声で答えたが、鼻声のためにみょうに軽くひびいた。

「受験なめんなよ。弟が、東高も落ちたなんて、はずかしくていえねえだろ」

「だれかが、長風呂《ながぶろ》で、すぐに風呂に入れなかったからな」

悠人は、そういうと立ちあがり、シンクに弁当箱《べんとうばこ》をおいて、部屋にひきあげた。

はずかしくて？　兄は、悠人のことを恥《はじ》だというのだろうか。

「もう、無理なんだな」

天井《てんじょう》を見ながらつぶやく。もう、昔にはもどれない。自慢《じまん》だった兄は、今となってはうっとうしいだけだ。幼《おさな》いころの悠人《ゆうと》は、まさかふたりの関係がこんなふうになるとは、思いもしなかっただろう。

どれくらいたったろうか。ふすまを軽くノックされて、

「入るぞ」

という声がした。悠人が返答する前に、ふすまが開いて、直人《なおと》が入ってきた。

「薬ぐらい飲めよ。かりにも受験生だろ。ここ、おいてくから」

悠人が半身をおこす。直人は、感冒薬《かんぼうやく》の箱と水を入れたコップを、机《つくえ》においた。

「おふくろ、心配させんなよ」

おれのことなんか、心配するわけねえよ、といったら、兄はなんというだろうか。さすがにそうはいえずにだまっていると、直人が意外なことをいった。

「送金が、減《へ》ってるらしい。親父からの」

「えっ？」

「悠人にはいうなって。けど、三人でがんばるしかねえだろ」

「……………」

「いいよな、次男坊《じなんぼう》は、気楽で」

直人《なおと》はそれだけいうと、部屋から出ていった。だれが気楽なものか。内心で、そう毒づきながらも、悠人《ゆうと》は薬の箱に手をのばした。こじらせるわけにはいかない。こじらせたら、走れなくなる……。

6

一日学校を休んだ悠人《ゆうと》が登校すると、渉《しょう》がすぐに歩みよってきた。

「風邪《かぜ》だって？　めずらしいな」

「油断《ゆだん》した」

と笑いながら、教室内を見回す。始業時間まで間があったためか、まだ半分も登校していなかった。

「なんか、まだ鼻声じゃん。だいじょうぶか？」

「たるんでるってよ、兄貴《あにき》が。こええの」

どさっと鞄《かばん》を机《つくえ》におきながら、冗談《じょうだん》めかしていってみる。

「さすがきびしいなあ。一高の秀才《しゅうさい》は」

「渉は、いいよな、ひとりっ子で」

「ひとりっ子はひとりっ子でたいへんなんだぞ」

「くらべられたりしないだろ」

「でも、全部背負《せお》わなくちゃいけねえし。親のこととか」

「そんな先のこと……まさか、親、病気とか？」

ついそんな言葉が出てしまったのは、朱音《あかね》のことが頭をよぎったからだ。

「まさか。ぴんぴんしてるよ。けど……ばあちゃんが、病気のときはな」

「ばあちゃんって、同居《どうきょ》？」

「死んだ。三年前に、肺炎《はいえん》で」

「そうか」

渉《しょう》とはちがう小学校だったので、これまで、祖母《そぼ》の話をきいた記憶《きおく》はなかった。

「親父の母親だったんだけど、うちの親って、結婚《けっこん》がおそくて、ばあちゃんも八十近くてさ」

「同居してたのか？」

「うん。じじいの方はおれがまだガキんときに、病気で亡《な》くなってて、ばあちゃん、西多《にした》摩《ま》のマンションでひとり暮《ぐ》らしだったんだけど。脳梗塞《のうこうそく》でたおれて、うちにひきとった」

悠人《ゆうと》は、自分の祖父母《そふぼ》を思いうかべる。母の両親は、秋田で伯父夫婦《おじふうふ》と同居《どうきょ》しているが、二年ぐらい会っていない。小学生のころは、夏休みにおとずれたりしていたが、直人《なおと》が高校受験した年から、それもやめてしまった。父は東京生まれの東京育ちだったが、父の両親は退職後《たいしょくご》に郷里《きょうり》の岡山《おかやま》にもどった。今は祖母《そぼ》がひとりで暮《く》らしているが、母と父が不和になってから、物理的な距離《きょり》以上の距離を感じるようになっている。

「おれは、祖父母《そふぼ》って、あんまり身近じゃなくて、よくわかんねえな」

「けど、いつどうなるか、わかんねえよ。今、すげえ高齢化《こうれいか》社会だろ。哲矢《てつや》んとこなんか、ひいばあちゃんの世話、ばあちゃんがしてるらしい。認知症《にんちしょう》とかも、ふえるだろうし、だれにとっても無関係でいられなくなるかもな」

いつになく、まじめそうな表情《ひょうじょう》で渉《しょう》はいった。悠人《ゆうと》がだまっていると、

「家に病人がいるって、きついよ」

と、渉はつぶやいた。

「手伝いとか、した?」

「手伝いっていうより、役割《やくわり》?　家の仕事の中で、おれの役割ってのがきっちりあった。あと、車椅子《くるまいす》、ちゃんと押《お》せる自信あるよ」

からっと渉は笑ったが、役割だといった言葉が、頭にこびりつく。朱音《あかね》も似《に》たようなこ

とをいっていた。手伝いではない、と。

渉《しょう》の祖母《そぼ》のことは、ちょっとしたなりゆきできいてしまった話ではあったが、悠人《ゆうと》は少なからず衝撃《しょうげき》を受けていた。陽気でひょうきんで、なんの心配ごともないやつ……ずっとそう思って接《せっ》してきた。だからある意味、気が楽でもあったのに、小学生のときにそんな体験をしていたとは。人は見かけによらない、というのはほんとうなのかもしれない。

もっとも、渉にしたところで、悠人の家庭については何も知らない。だれだって、わざわざ暗い話などしたくないし、ききたくもないのだから。

家に病人がいるというのは、どういう感じなのだろう。唇《くちびる》をかみしめた悠人を見て、渉が怪訝《けげん》そうな顔をむける。

「悠人のじいちゃんかばあちゃん、どうかしたの？」

「あ、いや、そうじゃなくて。知り合いの子が、親が病気らしくて」

「親か……たいへんだよなあ」

「車椅子《くるまいす》、押《お》せるって、いったろ。おれ、やったことねえし」

「おれ、ガキのわりには力あったし、けど、友だちと会ったりするの、やだったな」

そのとき、チャイムが鳴って、ふたりはそれぞれの席にむかった。

その日の下校時、渉《しょう》といっしょに学校を出た悠人《ゆうと》は、

「朝の話だけど、渉がそんな思いしてたなんて、知らなかった」

と告げた。

「ばあちゃんのこと？」

渉は悠人がうなずくのを見て、おもむろに口を開く。

「中学に入ったのは、亡《な》くなったあとだったし。でも、あのころの同級生には話してないよ。いちばん仲よかったやつにも、なんかいいづらくて、いえなかった」

どんなに親しくても、いえないこともある。悠人が、父の不在《ふざい》を学校の友人のだれにも話してないように。そのことを知っているのは、朱音《あかね》だけだ。

「クラスのやつらが、あたりまえにやってること、できなかったし」

「できなかったって？」

「サッカーの練習に行けなかったり、好きなテレビ、見られなかったり。Ｊリーグの結果とかは、朝、親父にきいてた。じゃないと、学校で話についていけねえし」

テレビのことは、朱音もいっていた。今は受験前なので、悠人はほとんどテレビを見なくなったが、スポーツにしろ、お笑い番組にしろ、学校で話題になることはままある。そ

んなとき、たかがテレビネタとはいえ、話題にまったく加われなければ、疎外感《そがいかん》を覚えるかもしれない。

「結果だけは、押《お》さえておくって感じ？」

「まあな。けど、おれ、こんな話したの、はじめてだよ。あのころは、なんか、まわりからとりのこされる感じがあってさ。もう、過去《かこ》の話だけどな。だから、いえるんだけど」

「認知症《にんちしょう》とかは、なかったのか？」

ずいぶん前のことだが、認知症の老人が線路内に立ちいって死亡《しぼう》し、高額《こうがく》の賠償金《ばいしょうきん》を請求《せいきゅう》され、裁判《さいばん》になったという事件《じけん》があった。そのことを、両親が話題にしていたのを、ふと思いだしたのだ。それに、高齢化《こうれいか》社会が進み、認知症患者《かんじゃ》もますますふえているということは、敬老《けいろう》の日にもニュースになっていた。

「……あったよ。いつだったかな、ばあちゃん、いなくなっちゃって、おれもチャリでさがしまわってさ。そんとき、同級生にばったり会って。どこ行くんだ、ってきかれて、適《てき》当《とう》にごまかして。そのあと、一度、親にむかってブチキレた」

「キレた？」

「なんで、おれがばあちゃんの面倒《めんどう》みなきゃいけないんだよ、って。おれはまだガキだったからさ。キレたって、まあ、しょうがねえなって、親も思ったみたいだった。親の方が、あやまったりなだめたり、必死だった。今思うと、おふくろに悪かったなあって。おふくろは、パートやめたし。それなりに、やりがい感じてた仕事だったみたいだけどな。今は、復活《ふっかつ》してはりきって働いてるからいいんだけどさ」

悠人《ゆうと》は、渉《しょう》の母親を思いうかべる。明るく、さっぱりした印象の人だった。渉が自分にくらべて母との関係がよさそうなのは、ともに介護《かいご》をになったからだろうか。考えこんでいると、また渉が口を開いた。

「うちのばあちゃんの認知症《にんちしょう》は、脳梗塞《のうこうそく》がひきおこしたらしくて、まだらに症状《しょうじょう》が出るっていうか、正直、それもきつかったな」

「まだら？」

「おもろいばあちゃんだったんだよ。けっこう長く、塾《じゅく》の先生やってたらしくて、勉強教えるのが上手で。そんなばあちゃんが、だんだん、こわれてくみたいで。汚《よご》れもの、かくそうとしたり。あと、ものがなくなったとか、盗《ぬす》まれたとかってさわいだり、あちこち電話して、おふくろの悪口いったり」

「それは……まわりもたいへんだったろうな」

そんなことしかいえない自分がなさけない。それにしても、病気は気の毒だが、面倒《めんどう》をみて悪者にされるなんて、つらすぎる。

「今思えばさ、やっぱりいちばんかわいそうだったのは、ばあちゃんだったかなって」

「えっ？」

悠人《ゆうと》は思わず渉《しょう》の顔を凝視《ぎょうし》した。渉は、自分がつらい目にあっても、祖母《そぼ》をかわいそうだったといった。いつもどおりのどこかのんき気そうな表情《ひょうじょう》で。

「しゃんとしてるときもあってさ。そういうときは、自分を責《せ》めて落ちこんじゃって。いっそずっとぼけてた方が、ばあちゃんも楽だったんじゃないか、とかってあとになってから思った」

「……なるほど」

自分をコントロールできない状態《じょうたい》。想像《そうぞう》もつかない。けれど、気づかないうちにへんなまちがいをして、あとで知ったときの苦さなら、悠人にも経験《けいけん》がある。現《げん》に、こんな体験をしていた渉に対して、やさしい親に愛されて育った苦労なしだと思っていたし、もしかしたら、気楽でいいな、ぐらいのことをどこかでいってしまったかもしれない。

「だれも責めることなんて、ほんとは、できないだろ。病気なんだから。だけどさ、こっちも、それをかわいそうって思えるほど、おとなじゃなかったしな。なんでもっとやさしくしてやれなかったかな、って、今は思う」

渉《しょう》は、遠い目をして上空を見る。渉の後悔《こうかい》をにじませた言葉をききながら、まだ小学生だった渉が負い目を感じる必要はないのではないか、と思ったが、口にできなかった。無言のまま、つられるように、悠人《ゆうと》も視線《しせん》を追う。だいぶ葉の落ちた欅《けやき》の枝《えだ》のむこうに、すっきりと晴れた青空が広がっていた。

悠人がランニングを再開《さいかい》したのは、四日後だった。坂和《さかわ》公園に着いたとき、すでに朱音《あかね》は来ていた。当初の定位置、ブランコにもどっている。

かすかな足音に朱音が顔を上げる。悠人が近づいてくるのがわかったのか、はじかれたように立ちあがった。

「しばらく」

軽く片手《かたて》を上げて、笑いかけると、朱音は一瞬《いっしゅん》顔をゆがめた。

「もう、来ないかと思った」

「風邪《かぜ》ひいた。このあいだの雨で」

「……だいじょうぶなの？」

「じょうぶだけがとりえだからな」

といって歩きだす。朱音《あかね》は何もいわずに隣《となり》にならんだ。

「ちゃんとききたいって、思ったんだ。家のこと」

「………」

「無理に、ってつもり、ないけどさ」

「わかってる。柏木《かしわぎ》さん、やさしいから」

「そんなことねえけど。いえないのかな、って。友だちとかには」

「だね」

「もう、どれくらいになるの？」

「十か月ぐらい、かな。入院してた時期、あわせると」

「そんなに長く？」

悠人《ゆうと》は思わず眉《まゆ》をよせた。

「一年前とは、何もかも、かわっちゃった。突然《とつぜん》」

一年前。まだ朱音の母親は病気になっていなかった。朱音は橘花《きっか》学院に通い、テニス部だった。家事をしたり、妹の面倒《めんどう》をみたりする必要もなかった。それなのに、たったひとつの石でオセロの盤《ばん》が一気にひっくりかえるように、暮《く》らしがすっかりかわってしまった。

「わたし、今、半分主婦《しゅふ》なんだよ。買いものして、和花《のどか》にご飯食べさせてお風呂《ふろ》に入らせて、明日の準備《じゅんび》させて、和花が寝《ね》てから、毎日、息ぬき」

「それが、今？」

と問うと、また小さくうなずく。

「話とか、あわなくなっちゃって。友だちとも。でも、あわせるしかないでしょ。重すぎるもの。授業中《じゅぎょうちゅう》、居眠《いねむ》りしそうになったって、自分で自分、笑ってみせるしかない」

「おれが、きくから」

朱音《あかね》が、足をとめた。それから、悠人《ゆうと》を見上げる。

「……なんで？」

「なんでって、だって、これも、縁《えん》ってやつかなって」

「そうじゃなくて。だって、わたし、もう、話しちゃってるし」

そのとき、朱音の瞳《ひとみ》からすーっと涙《なみだ》がひとすじ流れた。悠人は、朱音の頬《ほお》に手をのばしかけたが、ふれる前にひっこめた。

「べつに、よこしまな感情《かんじょう》じゃねえし」

「わかってる」

街灯に照らされて、頬《ほお》の涙《なみだ》が光った。悠人《ゆうと》はゆっくり歩きだした。もう坂和《さかわ》ヒルズは目の前だった。

「だから、おれ、何もできないけど、きくしかできないけど」

「でも、柏木《かしわぎ》さん、受験生だよ」

「だから、この時間だけ。この十五分が、おれと富沢《とみざわ》だけの時間だから。じゃあな」

というと、悠人は、うしろをふりかえらずに走りだした。身体《からだ》がかっと熱くなった。いってしまった。そのことに後悔《こうかい》はないけれど、むしょうに気はずかしかった。

自分が口にした縁《えん》という言葉を考える。あの日、たまたま坂和公園まで足をのばして、朱音《あかね》と出会った。今ならば、腑《ふ》に落ちることがいろいろある。重いため息も、つらそうな表情《ひょうじょう》も。だれにも祖母《そぼ》の病気のことを話せなかったという、渉《しょう》の言葉が頭をかすめる。ならばせめて、今、渦中《かちゅう》にある朱音の話はきいてやりたい。縁なのだから。

家に帰ると、母がダイニングテーブルに頬杖《ほおづえ》をついて、新聞を見ていた。

「ただいま」

「もう、風邪《かぜ》ひかないようにしてよ」

「わかってるよ」

いらっとしたが、それをおさえて水を飲む。母がふっとため息をつく。見ると、つかれたような顔をしている。

「親父からの送金、減《へ》ってるって？」

「あんたはそんなこと気にしなくていいの」

「おれだって、家族だろ」

「あの人も、いろいろたいへんなの。景気が上向きなんていっても、小さい会社には関係ないからね。元気で働いてるだけでよしとしなくちゃ」

父が家を出ていったときに、冷ややかに、だが有無をいわせずに条件《じょうけん》をつきつけた母の言葉としては、少し意外な気がした。

「もし、病気とかになったら、たいへんだろうな」

「えっ？」

母が、はじめて顔を上げて、まじまじと悠人《ゆうと》を見た。

「あ、その。新川《にいかわ》……クラスのやつが、小学校のとき、脳梗塞《のうこうそく》のばあちゃんが同居《どうきょ》してたって。三年前に、肺炎《はいえん》で死んだって」

「誤嚥性《ごえんせい》の肺炎かしらね。多いのよ」

「車椅子《くるまいす》を押《お》してやったり。あと、家事の分担《ぶんたん》もあって、たいへんだったらしい」

「これからがたいへんね、この国も」

いきなり母の口からとびだした、国という言葉に、面くらう。

「日本が、ってこと?」

「日本だけじゃないでしょうけど。高齢化《こうれいか》の先進国でしょ。介護《かいご》が家族の負担《ふたん》になるという状況《じょうきょう》はますますふえるでしょうし。でも、なかなか対策《たいさく》が現実《げんじつ》に追いつかない。いろいろ問題がある」

「問題って?」

「老老《ろうろう》介護の家庭もますますふえるでしょうし」

「ロウロウ?」

「たとえば、七十歳《さい》以上の人が九十歳、百歳の親を介護するとか」

「ああ、それか。そういえば、中井《なかい》の家では、ばあちゃんがひいばあちゃんの世話してるって」

「そうね。親子でなくても、老夫婦《ろうふうふ》の片方《かたほう》が、病気をかかえながら、認知症《にんちしょう》のパートナーを介護《かいご》するといった例も、すでにいくらでもある。介護って一筋縄《ひとすじなわ》ではいかない面もあるしね」

母の言葉が今ひとつぴんと来なくてだまっていると、母がまた口を開く。

「たとえば、介護保険《ほけん》の認定《にんてい》。状況《じょうきょう》に応《おう》じて、七段階《だんかい》に分けられるのだけど、他人の前では、気がはっているのか、ふだんよりしゃきっとしてたり、元気そうにしてしまう人がいるって、きいたことない？」

朱音《あかね》の家は、母親が病気なのだから、高齢化《こうれいか》とは関係ないと思いながら、

「さあ」

と首をひねる。どのみち、高齢者を身近に見ていない悠人《ゆうと》には、実感がわかなかった。

「その結果、正しい診断《しんだん》がされないで、家族がたいへんな思いをする。家族に病人がいることを、人には話したがらない人もいる。それが、認知症だったり、精神疾患《せいしんしっかん》だったりすればなおさら。でも、だからこそ、ほんとうは援助《えんじょ》が必要なんだけどね」

「新川《にいかわ》のばあちゃん、認知症もあったみたいで、でも、友だちとかに、話せなかったたって

いってた」

「つらかったでしょうね。まだ小学生だったんだから」

「今は、明るくしてるけど」

でも、朱音《あかね》はちがう。現在《げんざい》進行形だ。

「そのお友だちみたいな子ね、ヤングケアラーっていうのよ」

「ヤング？」

「ヤングケアラー。十八歳《さい》未満で、家族の世話や家事をしている子ども」

「へえ？　はじめてきいた」

「まだ、知らない人も多いんじゃないかしら。ＤＶや、貧困《ひんこん》問題なんかにくらべて、報道《ほうどう》も少ないから」

非常勤《ひじょうきん》の公務員《こうむいん》として働きはじめて六、七年になる母は、今、福祉《ふくし》関係の部署《ぶしょ》にいるはずだ。それでこういうことも知っているのだろうか。

「新川《にいかわ》くんみたいに、小学生で……場合によっては、低学年の子でも、家族のためになんらかの働きをしていることもあるの」

「そうなんだ」

「母子家庭で、母親が病気というケースもある。それで、生活もとても苦しいような家庭ね。精神的《せいしんてき》な病気だったら、まだ小さな子ども……小学生の子が、何年にもわたって、親を元気づけているようなこともあるそうよ」

「精神的なって？」

「鬱病《うつびょう》とか、統合失調症《とうごうしっちょうしょう》とか、パニック障害《しょうがい》とか。心の病気とされるものもいろいろある。でも、ケアにたずさわっている子どもがどれくらいいるのかは、なかなか、実態《じったい》がつかめてないみたいなの。これからますますふえる可能性《かのうせい》があるのに、全国規模《きぼ》の調査《ちょうさ》もされてないし、そもそも、介護行政《かいごぎょうせい》でも、子どもが介護にたずさわることが想定されてないでしょ」

「どういう意味？」

「働いている人は、介護休暇《きゅうか》が制度《せいど》として認《みと》められている。でも、子どもは？」

「そっか。学校休んでも、出席あつかい、なんてことにはなんねえよな」

「新川《にいかわ》くんのおばあさんは、介護保険《ほけん》の認定《にんてい》はどうだったのかしらね」

「さあ。けど、その介護保険ってのは、年寄《としよ》り向けのものだよね」

「高齢者《こうれいしゃ》だけじゃないわよ。特定の病気の場合は、四十歳《さい》以上なら、受けられるはずよ」

朱音《あかね》の母親は何歳《さい》なのだろうか。

「四十歳より下は？」

「介護保険《かいごほけん》の適用外《てきようがい》。難病《なんびょう》などは、いろいろ手当があるでしょうけど、そうしたケアは、自治体によってもちがうんじゃないかな」

「へえ？」

「介護は、たいへんよ。それが突然《とつぜん》だったりしたら、家庭のあり方が一変してしまう。おとなだってまいってしまうこともあるのだから、ましてや、それを子どもがになうというのは……」

母は、眉《まゆ》をよせた。

「秋田のばあちゃんは、だいじょうぶ？」

「認知症《にんちしょう》とか？　今のところ、その心配はなさそうよ。まあ、いつなんどき、そうなるかはわからない。防《ふせ》ごうとして防ぎきれるものじゃないし。でもまあ、兄さんたちがついてるから」

「ならいいけど」

悠人《ゆうと》は、柔和《にゅうわ》な祖母《そぼ》の笑顔を思いうかべる。――悠人は、やさしい子ね……。兄に対してのように賢《かしこ》い子ね、とはいえなかったのか、とも思うが、それでも、自分と兄をべつの個性《こせい》として見た上で、いちばん平等にあつかってくれるのは、秋田の祖母《そぼ》かもしれない。

自分の部屋にもどってから、悠人《ゆうと》は母との会話を反芻《はんすう》する。ほんの五、六分のことだが、これだけ母と言葉を交わしたのは、ずいぶんひさしぶりのような気がした。

「ヤングケアラーか……」

母に教わった言葉をつぶやく。

どうしたら、朱音《あかね》を元気づけることができるだろう。

父親が単身赴任《ふにん》といっていた。もしかしたら、週末にはもどってくるのだろうか。だとすれば、今度の土曜か日曜、時間がとれないだろうか。いっしょに、勉強しようといってみよう。来週には期末テストがあるし、中間悪かったと、いつか友だちに話していたではないか。中二の勉強なら、悠人が教えてあげればいい。自分の復習《ふくしゅう》にもなる。そう思いつくと、にわかに元気が出てきた。

昼間、会う。ちゃんと会う。朱音の笑顔が見たい。もし、休みの日に会えるとしたら、朱音はどんな格好《かっこう》で来るだろう。自分は、何を着ていこうか……。

考えているうちに、なぜか動悸《どうき》が高まる。身体《からだ》もなんだか熱を帯びてきた。

その熱をふりはらうように、二、三度頭をふってから、悠人《ゆうと》はようやく英語の問題集を開いた。

7

「何かあったのか？」

哲矢《てつや》にそうきかれたのは、母からヤングケアラーという言葉をきいた二日後。夜、また朱音《あかね》に会うことになっている日の放課後だった。

「何かって？」

「どういったらいいのかな、何か、いいことあったのかなって」

「いいことなんて、べつになんもねえよ」

「カノジョができたとかさ」

「そういう……わけねえだろ。この時期」

思わず、そういうんじゃない、といいそうになった言葉をいいかえる。これまで何度となく思った言葉。けれど、そういうんじゃないと口にしてしまったら、なんらかの存在《そんざい》を認《みと》めたことになる。

そもそも、朱音《あかね》は、自分にとってどういう存在《そんざい》なのだろう。

そんな思いをかかえながら、夜、悠人《ゆうと》は公園にむかう。着いたのは悠人が先だった。朱音が来るまでのあいだ、みょうに緊張《きんちょう》してしまった。そして、まつ時間は長い。

やがて、朱音が小走りに近づいてくる。

「おそくなっちゃった」

といわれて、実際《じっさい》にふだんよりおそい時刻《じこく》になっていたことに気づいた。

「妹が、寝《ね》てくれなくて」

さりげなく口にされた言葉だけれど、朱音のシビアな現実《げんじつ》に、心が痛《いた》くなる。

「たいへんだな」

もっと気のきいたことをいえればいいのに。

「だいじょうぶ」

小さいけれど、きっぱりとした声だった。スーパーでばったり会ったとき、朱音のうしろにかくれるようにうつむいていた少女を目にうかべながら、悠人はきいた。

「小二だったっけ？」

朱音は、こくっとうなずいて口を開く。

「まだ小さいのに、母に甘《あま》えられなくて、かわいそうだけど、つい、いらついて、怒《おこ》って、自己嫌悪《じこけんお》」

それはしかたがないのではないか、朱音《あかね》は十分がんばっているのだから、と思うが、言葉にしない方がいいような気がして、

「でも……かわいいだろうな」

というと、少し間をおいてから、言葉が返ってきた。

「……かわいいよ」

悠人《ゆうと》は、行こうか、というふうにあごを動かして、歩きだす。公園を出たところで、悠人は思いきって切りだしてみた。

「あのさあ、お父さんって、週末、帰ってくるんだよね」

「うん。すごくいそがしいときは、帰れないことも、あるけど」

「じゃあ、日曜とかなら、外、出られない？」

「外？」

「ほら、期末も近いし。図書館で、いっしょに勉強しないか？」

「…………」

「もしも、もしもだけど、ちょっとわかんないとことかあったら、おれ、教えられるかも。受験勉強してるから、復習《ふくしゅう》にもなるし」

朱音《あかね》は、だまったまま空を見上げる。

「〈冬の星座《せいざ》〉、という歌、知ってる？」

「えっ？」

朱音は、小さな声でうたった。

「きいたこと、あるかな」

「この歌の中に、〈ものみないこえるしじまの中に〉という歌詞《かし》があって、小さいころ、ぜんぜん意味がわからなかった」

朱音が口にした言葉には、うたうというのとはちがうが、抑揚《よくよう》があって、悠人《ゆうと》は一語一語の音のつらなりを、頭の中で「もの皆憩《みないこ》える」と変換《へんかん》する。

「たしかにむずかしいかも」

と、話の先が見えないまま、悠人は応《おう》じた。

「ほんとうに、夜がそうだったらいいのに」

反実仮想《はんじつかそう》だ。現《げん》に、朱音自身が憩えるわけではない。悠人だって同じではないかと思いながらうなずく。

「……そうだな」

「日曜はね、家族といっしょにいたいから。できるだけ。せっかく家族がそろう時間だもの。それに、お母さん、お父さんがいると、ふだんより元気なの。元気で、声が明るいお母さん、見ていたい」

「……そっか」

「でも、ありがとう」

「お母さんのこと、もう少し、きいても、いいか？」

「…………」

「ずっと、病気っていってたけど、どういう病気なの」

返事はなかった。そのまましばらく、ふたりはだまったまま夜の道を歩いた。曲がり角に来たタイミングで、ようやく朱音《あかね》は口を開く。

「お母さん、去年の夏から、仕事再開《さいかい》したの」

「仕事？」

「そう。もともと、仕事をしたいとは思ってたらしいけど。マンションのローンも残ってたし。ただ、まだ和花《のどか》……妹が小さかったから。高学年になったら、というつもりでいたんだけど、ちょうど知り合いの人から、働かないか、って声がかかったの。最初は、アルバイトだったんだけど、ゆくゆくは正社員になれるかもしれないって、けっこうはりきってた。でも……。去年の十二月に、会社でたおれた」

「たおれた？」

「……くも膜下《まくか》出血って知ってる？」

「きいたこと、ある。たしか、脳《のう》の血管の病気だよな」

少し前に、芸能人《げいのうじん》がその病気になったというニュースを見た覚えがあったのだ。朱音《あかね》は小さくうなずいた。

「たおれたのが会社だったから、あとから考えればかえってよかったのかもしれない。すぐに救急車で運ばれたから。手当てがおくれると、死んじゃうこともある病気」

「…………」

「二か月半ぐらい、入院したかな。脳の病気って、後遺症《こういしょう》が残っちゃうんだよね。半身が麻痺《まひ》したり、あと、うまくしゃべれなくなっちゃったり、記憶《きおく》の障害《しょうがい》があったり。たおれてからすぐに、田舎《いなか》からおばあさんが来てくれて、助けてくれた。でも、二月に、今度はおじいさんがたおれちゃって、おばあさん、田舎《いなか》にもどらなくちゃいけなくなった。それで、わたし、坂和中《さかわちゅう》に、転校することにした」

「転校？」

美里《みさと》から前にきいて知っていたことだが、あえてきく。

「東京の、私立《しりつ》に通ってたの。でも、通学に時間かかるでしょ。家のこともあるし、和花《のどか》の面倒《めんどう》もみなきゃいけないから」

「お母さんの病気は、よくなってるの？」

「リハビリは続けてたから。最初のうちは、すごくがんばってたの。でも、気持ちがね。情緒《じょうちょ》不安定っていうの？　調子がいいときは、家のことも少しはできるんだけど。麻痺《まひ》が残っているし、人に会いたくないってこもってばかり。出かけるのは、病院に行くときだけ」

「それで、富沢《とみざわ》さんが、買いものを？」

朱音《あかね》が小さくうなずく。

「今まで、ふつうにできてたことが、できないって、すごくもどかしいっていうか、いらいらするっていうか。わたしにはその気持ちがちゃんとわかるわけじゃないんだけど、なんかとてもつらいみたいで。見てるのも……」

「しんどいな」

「もとのようになってほしいから、リハビリ、がんばろうってはげまして。でも、おばあさんが田舎《いなか》に帰ったころから、鬱病《うつびょう》っぽくなって、そんなときはもう、つらそうで……。寝《ね》てるしかないみたい。がんばれって、いえなくなっちゃったし。鬱病って、はげましちゃいけないって、おばあさんからもいわれてて」

「そうなんだ」

「今は、買いものと和花《のどか》の面倒《めんどう》をみるのは、わたしの仕事。食事の支度《したく》や、掃除《そうじ》や洗濯《せんたく》も。全部じゃないけど」

「たいへんだったんだな」

そう口にしながらも、無意味な言葉でしかないと思った。

「でも、いちばんつらいのは、お母さんなんだって思うから。お母さんを助けたいから、家のことも、やるのはいいの。役に立ってると思うと、うれしい。元気にさえ、なってくれれば。ただ……時間がほしい」

朱音《あかね》は、きゅっと唇《くちびる》をかむ。これだけたいへんな思いをしていても、朱音は母のことが大好きなのだ。悠人《ゆうと》の胸《むね》が少しざわつく。自分は、こんなふうに家族を思えるだろうか。

どういう言葉をかけたらいいかわからなくて、悠人はだまっていた。

「おばあさんの話では、脳《のう》の血管の病気は、再発《さいはつ》がこわいんだって。だから、気をつけないといけない。けど、気持ちの方も波があって。だから……自分のことがね、あと回しになっちゃって。和花《のどか》の面倒《めんどう》もみなくちゃいけないし……勉強とか、時間がなくて」

いつだったか、中間テストの結果がよくなかったと、友だちと話していたのを、悠人は思いだしていた。

「部活なんて、できるわけ、ねえか」

以前、自分が口にした不用意な言葉が悔《く》やまれた。

「ほんとは、テニス、続けたかったけど、それどころじゃなくなって」

「ごめんな」

朱音《あかね》は、小さく首を横にふった。

「わたしががんばるしかない。だって、逃《に》げるわけにはいかないでしょ。けど……」

「けど？」

「お母さんのこと、元気づけないといけないと思うと、ときどき、つかれる。お母さんがなんでも悪い方に考えて、落ちこんでくときとか。ほんと、つらそうで、それ見てるの、つらい。でも、がんばれ、は禁句《きんく》だし」

朱音《あかね》は、ふーっと重いため息をついた。

「……だから、この時間が、息ぬきだったんだ」

「っていうか、何も考えたくないって思った。考えたら、なんのためにって思ったら、なんだかむなしくなりそうで……。ただ、頭を空《から》っぽにしたいって。できないんだけど」

もしかしたら、朱音の息ぬきの時間をうばってしまったのではないだろうか。ほんとうはひとりになりたかったのでは？　はじめて見たときよりも、朱音の表情《ひょうじょう》がいくぶん明るく感じられるといっても、それが、自分と話しているからだ、と思うほどうぬぼれは強くない。朱音は今も、気をつかっているのだ。他人である悠人《ゆうと》に。ひとりでここですごしていたとき、朱音は、だれに気がねすることなく、暗い顔でいられたのではないだろうか。と、そんなことを思いながらも、きけるはずもなく、悠人は、少し間をおいてから、べつのことをたずねた。

「学校の友だちは、今も、だれも知らないの？」

朱音は、こくんとうなずいた。

「やっぱ、いえない」

以前にも、朱音《あかね》は、買いものしているときとか、会いたくないといっていた。その気持ちは、悠人《ゆうと》にもわかる気がした。渉《しょう》も、祖母《そぼ》の車椅子《くるまいす》を押《お》しているときに、友だちとは会いたくなかったといっていた。

「けど、おれには話してくれた」

「……学校が、ちがうから」

「だよな」

でも、それだけか？　悠人は心の中で、そう問いかける。

「ほんとうは、一度だけ、話そうとした。前の学校の……友だち。でも、たいへんそうだけどがんばってね、っていわれて、なんか、伝わらないなって感じがして。そういうことは、お父さんが考えるべきだよ、っていう子もいた。そりゃあ、そうかもしれないけど、そういわれても……」

「だよな」

「学校では、楽しそうな顔でいたい。そうでないと、まわりが白けるし。でも、ときどき、思っちゃう。ささいなことできょうだいげんかしたとかって、きくと、なんか平和なんだな、って。っていうか、別世界だなって。なんていうか、たまにはゆっくり眠《ねむ》りたいなんて、いえないし。もちろん、学校で楽しいことだって、あるし。友だちも好きだし。けど、いつもどこかで考えちゃう。お母さんのこともだし、これからどうなるんだろうって」

「……先生には？」

「担任《たんにん》の先生は、お母さんが病気で入院してたことは、わかってるはず。けど、そのあとで、くわしいことは話してない。なんか、あんまりいいたくないっていうか。先生にあれこれ話すと、ほかの子に知られそうで。成績《せいせき》が下がったせいもあるんだけど、宿題やる時間がなかったときに、公立、なめてるの？　っていわれた」

「ひでえな」

いるのだ、見当ちがいなことをいって、ぐさぐさこっちの気持ちを傷《きず》つける教師《きょうし》って……。

「昨日、お風呂《ふろ》、入れなかった。つかれて寝《ね》ちゃった。もう冬だからいいけど。夏だったら、汗臭《あせくさ》いとかっていわれちゃうかもしれない。髪《かみ》も、洗《あら》うのたいへんだから、ショートにした。去年まではずっとロングだったんだけど」

朱音《あかね》は、かわいた笑い声を立てる。泣いているような笑い方って、あるのだ、と悠人《ゆうと》は思った。

「妹さんの面倒《めんどう》とかは？」

「……学校からの連絡《れんらく》とか、わたしが気をつけてないと。忘《わす》れものもさせたくないし。まだ二年生だから」

「そうか」

「和花《のどか》も、かわいそう。わたしでは、無理っていうか、やっぱりお母さんの代わりは、できないから」

そんなことまで、どうして気に病む必要があるのか。そう思っても、それは口にできることではなかった。

「あのな、富沢《とみざわ》さんみたいなの、ヤングケアラーっていうんだって」

「え？」

「ヤングケアラー。十八歳《さい》未満で、家族のケアとかしてる子ども」

「へえ？　そんな名前があるんだ。はじめてきいた」

母親の話では、母子家庭で貧《まず》しい家の子が病気の母を支《ささ》えている場合もあるといっていた。それにくらべたら、朱音《あかね》の家は経済的《けいざいてき》には余裕《よゆう》がありそうだ。だからといって、そんなことを口にしても、朱音《あかね》にはなんのなぐさめにもならない。

「日曜、ダメっていうの、わかったから。けど、おれには話せよ。もちろん、いいたくなかったら、いいけど。むかつくこととかでも、きくし」

すると、朱音は、すーっと息を吸《す》うと、

「近所の人に、いつもお手伝いしてえらいわね、っていわれると、チョーむかつく！」

と、大きな声でいった。悠人《ゆうと》に、というより、空にむかって叫《さけ》んだのだ、と悠人は思った。

それでも、以前、悠人自身が、手伝いと口にしてしまったことがよみがえって、口の中が苦くなる。

気がつくと、時間がずいぶんたっていた。もっとこうしていたい、もっとふたりで歩いていたい。でも、それは不可能《ふかのう》だ。自分だけではなく、朱音にとっても。

「もどろう。お母さんが、心配するといけないし」

「……うん」

そこから、坂和《さかわ》ヒルズの前までは、ほとんど口を開かなかった。

「じゃあ、またな」

と笑いかける。朱音も、小さく笑った。

「気をつけてね」

「走るから」

建物の中に消えるのを見送って、悠人《ゆうと》は踵《きびす》を返す。いっしょに勉強しようという申し出は断《ことわ》られた。でも、話してくれた。だから、きらわれているわけじゃない。

ふと、朱音《あかね》のほんとうの笑顔が見たい、と思った。そう思ったとたん、いてもたってもいられない気持ちがして、悠人は、全速力でかけだした。


期末テストの結果は、かんばしくなかった。結果表をボールペンの尻《しり》でたたきながら、担任《たんにん》の教師《きょうし》の入船護《いりふねまもる》がいった。

「おまえ、柏木直人《かしわぎなおと》の弟だろ」

勉強不足だったことへの自覚はあった。体力づくりのはずのランニングは、朱音との散歩のために、時間が長くなっていた。だからといって、第一声がこれか、と思ったら、カッと血が頭にのぼった。あいつとは関係ねえだろ、とどなりたくなる思いをなんとかおさえる。こんなことでキレてどうする。なぜか、朱音の顔がうかぶ。このあいだ、なめてるのか、と教師になじられたといっていた。

「おれ、兄とちがって頭悪いから」

あえてへらっとした口調《くちょう》でいってみると、入船《いりふね》は眉《まゆ》をよせた。

「おまえの兄さんは、国立の附属《ふぞく》にだって行けたから、一高でも楽勝だったそうだよ。でも、手はぬかなかったときいてる。少しは見習え」

「すいません」

ぺこんと頭を下げる。ふがいないやつだと、思っていればいい……。

期末テストの結果に対して、母はとくに何もいわなかった。

「兄貴《あにき》とくらべられて、大迷惑《だいめいわく》」

といってみると、意外な言葉が返ってきた。

「あんたはあんたでしょ」

だが、やはりそれも、自分に対する関心のうすさだと思ってしまう悠人《ゆうと》だった。

8

十二月に入った。

「なあ、クリスマスとか、なんかイベントある？」

昼休み、渉《しょう》が悠人《ゆうと》の席に近づいてくると、哲矢《てつや》が悠人と渉の顔を見ながらきいた。

「ケーキは、親が買うかな。あと、プレゼントくれたり」

渉がそう答えると、悠人も、

「そんな感じじゃね？」

と答えたが、親からクリスマスプレゼントなんてもらった記憶《きおく》はない。ケーキを囲んだ覚えもない。せいぜい、小さいときにブーツの菓子《かし》を買ってもらったぐらいだ。

「おれさあ、クリスマス前の土曜に、東京行くんだ」

哲矢がにやにやしながらいった。

「あ、もしかして、カノジョと？」

渉《しょう》がきいたが、答えはきくまでもない。ゆるんだ口もとが当たりだと、告げている。

「それがいいたかったわけか」

悠人《ゆうと》は笑ったが、カノジョという言葉から、つい、朱音《あかね》を連想する。カノジョじゃねえけど、と心の中でツッコんで、なぜか少しせつなくなった。

「あーあ、世の中、不公平だよなあ。なんで、哲矢《てつや》にいるんだよ」

渉がわざとらしくなげいたので、悠人は、それにつきあうように哲矢をいじる。

「余裕《よゆう》だよな。それで、入試に落ちたら、しゃれになんねえけどな」

「息ぬきも必要だろ。パンダ見たいっていうんだよ」

「その前に三者面談な」

悠人の言葉に、ふたりが顔を見合わせて、やなやつ、と同時につぶやいた。


走るときに上着はいらないが、朱音と歩くときには、さすがに上着なしでは寒いので、リュックにユニクロのコンパクトダウンを入れて坂和《さかわ》公園にむかう。朱音は、すでに来ていた。

「よお」

あえて明るい声でいって手を上げると、小さな笑顔が返ってきた。出会ったころは、こんなささやかな笑顔さえ見られなかったと思うと、それだけで悠人《ゆうと》の気持ちははずむ。

「試験、どうだった？」

ときくと、朱音《あかね》はかすかに首をかしげた。

「中間より、ましだったかな」

「それはよかった」

「柏木《かしわぎ》さんは？」

「担任《たんにん》からねちねちいや味《み》いわれた」

「わたし、邪魔《じゃま》してない？」

「ないない。絶対《ぜったい》ない」

首をぶるぶるふってみせると、朱音は声を立てて笑った。表情《ひょうじょう》がいつもより明るいように感じて、自分でも笑顔を返しながら、悠人はきいた。

「なんか、今日、いつもとちがうんじゃね？」

「ちがうって？」

「声が、いつもより、元気っていうか」

朱音《あかね》は、少し驚《おどろ》いたような表情《ひょうじょう》で悠人《ゆうと》を見た。

「なんで、わかるの？」

「わかるよ」

「明日、お父さんが来るの。出張《しゅっちょう》で、週明けまでいるって。だから、土曜日、友だちと、クリスマスプレゼント買いに行く。ひさしぶりなんだ。学校以外で、友だちとすごすの。ショッピングセンターで、買いものして」

「駅前の？」

「そう。あそこ、地下にフードコートがあるでしょ？　あんまり広くはないけど。そこにある鯛焼《たいや》き屋《や》さん、評判《ひょうばん》なんだって」

「へえ、じゃあ、おれも、その日、のぞいてみようかな」

悠人の言葉に、朱音は足をとめた。一歩先に出ていた悠人も歩みをとめる。そして、拒《きょ》否《ひ》されるかな、と不安な思いで、朱音の方をふりかえる。目があった。大きく目を見開いて悠人を見上げていた朱音だが、ふいにふわっとした笑顔が広がった。いい笑顔だ。

「ぐうぜん、会うんだよね！」

「ぐうぜん？」

「そう。ばったり会うの。だって、そうでしょ」

「で、おれは、どういう知り合い？」

朱音《あかね》がうーん、というふうに首をひねっているので、

「小学校のときの、塾《じゅく》の知り合いってことにしようか。小さい塾で、だから、学年ちがくても、みんな知ってて、みたいな」

といってみた。

「それ、いいかも」

「じゃあ、おれも、友だちつれていこうかな」

「なんか、楽しそう」

朱音はまた笑った。つられるように口もとがほころぶ。うれしい。それなのに、なぜか胸《むね》が苦しくなる。

朱音の様子が伝染《でんせん》したように、はずんだ気分で家にもどると、母が冷ややかな声でいった。

「あんたに、健一《けんいち》さんから電話あったわよ」

「親父がおれに？　なんの用？」

「そんなの、わたしにわかるわけないでしょう。電話くれって」

「明日で、いいよな、もうおそいし」

母があえて反対しなかったので、悠人《ゆうと》はそのまま部屋にひっこむと、着替《きが》えをもって風《ふ》呂《ろ》にむかった。

父はなんの用で電話をしてきたのだろうか。母にでもなく、兄にでもなく、なぜ、悠人に？

風呂から出たあとも、父のことを考えるともやもやした気分が消えない。だったら電話をしてしまえばいい、とも思ったが、やはりそんな気にはなれなかった。

「勉強だ、勉強」

あえて口に出していうと、悠人は社会の参考書を開く。母の前では気にもとめないような顔をしていたが、期末テストの結果を見て、ちょっとまずいな、と自分でも感じていた。

地理や歴史は、小さいころから関心があったので、苦労はない。けれど、公民にはあまり興《きょう》味《み》がもてなかった。三年になってからの社会科教師《きょうし》を苦手に感じたせいかもしれない。

説明文を目で追いながら、ふと、疑問《ぎもん》が生じる。基本的人権《きほんてきじんけん》の尊重《そんちょう》というのは、憲法《けんぽう》の三本柱のひとつというけれど、それって結局どういうことなのだろうか。それから、憲法《けんぽう》で保障《ほしょう》されている平等権《びょうどうけん》。でも、周囲を見回してみて、今の社会がほんとうに平等だなどとは、とても思えなかった。

一九八九年には、子どもの権利《けんり》条約《じょうやく》が国連で採択《さいたく》された。実際《じっさい》に、子どもにどんな権利があるのだろう。生存権《せいぞんけん》や、教育を受ける権利などが頭にうかぶが、現実《げんじつ》には、虐待《ぎゃくたい》とかネグレクトとか、貧困《ひんこん》とかで、生存がおびやかされている子どももいる。子どもの世界も、平等というわけではない。子どもは親を選べない。それなのに、子どもの暮《く》らしは、親の状況《じょうきょう》に大きく左右されてしまう。

朱音《あかね》の家は、貧乏《びんぼう》ではないけれど、母親が病気だから、いろいろ家のことをやらなければならない。勉強時間がとれないといっていた。それって、教育を受ける権利をさまたげられているということにならないのだろうか。そもそも、なんで、朱音があんなにたいへんな思いをしなければならないんだろう。

そんなことを考えているうちに、悠人《ゆうと》は、みょうに腹立《はらだ》たしくなってきた。世の中、不公平だ。

なんで金持ちと、そうじゃない家があるんだろう。なんで、病人がいてたいへんな家と、そうじゃない家があるんだろう。うちの家計が楽じゃないのは自分のせいではないし、朱《あか》音《ね》の母親が病気なのも朱音のせいではないのに。

これまでも、世の中が不公平だと思うことがよくあった。それは、主《おも》には兄とくらべられたりした際《さい》に感じたことだった。けれど、今まではちがった怒《いか》りのようなものが悠人《ゆうと》の心にうずまく。この思いを、どこに、だれにぶつけたらいいのだろう。

翌日《よくじつ》も父に電話をしないでいたら、十時過《す》ぎに、父の方からかかってきた。電話が鳴ったとき、

「たぶん、健一《けんいち》さんだから、あんたが出なさい」

といわれて、しかたなしに受話器をとると、あんのじょう、父からだった。

「よお、元気か」

「元気かって、なんだよ」

「おまえにわたしたいものがあるから、来週あたり、会えないか？」

「……おれ、受験生だし」

「わかってるよ。息ぬきも大事だろ。駅前のショッピングセンターのフードコートで会お

う」

というと、父は一方的に日時を指定し、電話を切った。

「行くなんていってねえぞ」

悠人《ゆうと》はそうつぶやいて受話器をおいた。

父が指定した場所には、二日後の土曜に、行くことになっている。朱音《あかね》と「ぐうぜん」会うのだ。朱音には、友だちと行くと告げた。悠人は、渉《しょう》を誘《さそ》おうと思っている。が、まだ声はかけてない。都合が悪かったら、そのときはそのときだ。

昼休みに、悠人は渉をつかまえると、

「なあ、明日の昼、会わねえ？」

ときいてみた。

「会うって？　どこで」

「東高の受験対策《たいさく》っていうか、情報交換《じょうほうこうかん》っていうか。本屋のぞいてさ。ショッピングセンターのフードコード、長居《ながい》できるらしいし」

「男がふたりつるんで？」

もしも、女子と会うといったら、渉《しょう》はふたつ返事で、行くというかもしれない。でも、そう告げるわけにもいかない、と思っていると、

「あ、おれ行ってもいいかも」

と、哲矢《てつや》がわりこんできた。

「え？」

「クリスマスプレゼント、買いたい」

「カノジョへの？」

「それは、いいんだ。もう買ってあるし。弟向け」

「弟？」

「うん。いいよなあ、末っ子はさ。みんなにかわいがられて」

哲矢の弟は、たしか四年生のはずだ。ときどき話題にしているから、兄弟仲はいいのだろう。経済的《けいざいてき》な心配もなく、カノジョもいるし、家族仲もいい。こういうやつをリア充《じゅう》というのだろう。いや、表面的なことで判断《はんだん》してはならない、と思いなおす。それでも、末っ子だからって、かわいがられるわけではないといいたくなる。それをおさえて、

「じゃあ、一時ごろでいいか」

ときくと、渉《しょう》も乗ってきた。

「なら、おれも行く」


ショッピングセンターは、駅前にある複合施設《ふくごうしせつ》で、地上六階地下一階のビルだ。中には食品店から、衣料品店、書店、レコード店など、さまざまな店舗《てんぽ》が入っている。地下がフードコートになっていて、ハンバーガーショップや、カフェ、うどん屋などがならんでいる。


ショッピングセンターの入り口でまちあわせた悠人《ゆうと》たちは、まず、玩具《がんぐ》売り場に行った。哲矢《てつや》が弟のために選んだプレゼントはけん玉だった。

「おれのお古、やったんだけど、使いこんで先が丸くなっちゃってさ。学校でもはやってるらしくて、今、夢中《むちゅう》。おれよりうまいよ」

と、哲矢は目を細めた。

「あれ、検定《けんてい》とか、あるんだろ？」

「うん。受ける気まんまん」

「弟から、何かもらうの？」

「まさか。親からだけだよ」

「哲矢《てつや》は、今年、親から何もらう?」

渉《しょう》がきいた。

「そんなの、親が決めることだから」

「へえ、リクエストしないんだ。おれは、スマホ」

渉がにまっと笑った。そういえば、渉は前からほしがっていた。クラスでもすでに半分以上の生徒がスマホをもっている。学校にもってくることは原則《げんそく》として禁《きん》じられているが、こっそりもってくる者もいて、哲矢が、放課後にそっととりだしているのを見たことがある。

「悠人《ゆうと》は?」

「スマホは高校になってから、っていわれた。兄貴《あにき》もそうだったし」

きかれたのは、プレゼントのことだろうが、意図的に話をずらして答えた。

フードコートに着くと、ファストフードの店で飲みものだけ買って、四人がけのテーブルに座《すわ》る。アリバイ的にもってきた、受験情報誌《じょうほうし》を広げて、

「東高の倍率《ばいりつ》、けっこう高いよな」

などと口にしてみる。

「悠人《ゆうと》は余裕《よゆう》だろ？」

一瞬《いっしゅん》、どう反応《はんのう》したものかと考える。内心では、受験そのものについてはあまり心配していない。もし、一高を受けることにしたら、こんなに悠長《ゆうちょう》にしていられなかっただろうが。とはいえ、そうもいえずに短く答える。

「いや、期末悪かったし」

「それでも、おれらよりいいじゃん」

曖昧《あいまい》に笑って、手を横にふりながら周囲をうかがう。朱音《あかね》たちはいつ来るのだろう。

「哲矢《てつや》は、カノジョに何あげるんだ？」

「んなの、人にいえるわけねえだろ」

「ちぇ、にやにやしやがって、むかつく」

と、渉《しょう》がいったときだった。

「あれ！　柏木《かしわぎ》さん？」

少しかんだかい声がした。ふりかえると、少しはなれたところに朱音が立っていた。

「あ、富沢《とみざわ》さんじゃん。すっげえ、ひさしぶり」

悠人《ゆうと》も、びっくりしたようなそぶりでいったが、セリフを棒読《ぼうよ》みしたみたいだったかもしれない。朱音《あかね》のうしろには、ふたりの女子が、だれだろうというふうに悠人たちを見ていた。

「だれ?」

渉《しょう》が、悠人の耳もとできいた。

「あ、うん。えーと、小学生のころ、同じ塾《じゅく》だった富沢《とみざわ》さんと……」

「あの、わたしたち、坂和中《さかわちゅう》の二年生です」

朱音はにっこりと笑って、渉を見た。渉は、なぜかほんのりと顔を赤らめていった。

「おれらは、緑中《みどりちゅう》の三年だけど」

朱音は、テーブルにのっていた受験情報誌《じょうほうし》のページに目をとめた。

「もしかして、東高、受けるんですか? わたしもそのつもりだけど、ねえ、ひよりもだよね」

「うん、そうだけど」

朱音のうしろに立っていた、小柄《こがら》な子が答えた。

「じゃあ、おれと柏木《かしわぎ》、再来年《さらいねん》、いっしょになるかもな。おれ、新川《にいかわ》渉。こいつ、中井《なかい》哲《てつ》矢《や》は東京の私立志望《しりつしぼう》だけど」

渉《しょう》が、そういいながら、立ち話もなんだから、というふうに隣《となり》のテーブルから椅子《いす》をふたつひっぱってきた。

「わたしたち、ちょっと鯛焼《たいや》き、買ってきます」

朱音《あかね》が明るい声でいって、ジャケットを椅子にひっかけると、ほかのふたりも同じように椅子にコートをおいて、鯛焼き屋の方に、小走りでむかった。

「なんか、かわいいなあ」

哲矢《てつや》の言葉に、すぐに渉が反応《はんのう》した。

「おまえ、資格《しかく》ないからな」

「バカだな。そういうんじゃねえだろ」

「しかし、まさかこんなところで、昔の知り合いに会うとはなあ」

悠人《ゆうと》はとぼけていったが、自分でもわざとらしく感じた。さいわい、ふたりとも、すんなりと悠人の説明を信じたようだったが。

やがて、笑い声を立てながら、はずむような足取りで三人がもどってきた。こうしていると、朱音は、なんの心配ごともない、女子中学生にしか見えない。だからこそ、余計《よけい》に悠人《ゆうと》の胸《むね》が痛《いた》くなる。

朱音《あかね》の友人は、小柄《こがら》な方が横山《よこやま》ひよりといい、ボブカットでメガネをかけている。背《せ》が高くて少しくせのあるショートカットの子は、久松桃子《ひさまつももこ》と名乗った。

「ここには、何しに来たの？」

悠人がきくと、朱音が下をむいて、小さく笑う。

「クリスマスプレゼント、買いに来たんです」

ひよりがはきはきと答えた。

「いいのあった？」

「うーん。やっぱ。下見になっちゃったね」

「けど、東高が志望《しぼう》って、頭いいんですね」

「頭いいやつは、一高に行くし。っていうか、きみたちだって、東高、目指してるんだろ？」

「ちがいますよ。ただの願望。だって、あそこ、校風が自由だってきいたから」

とひよりがいうと、すぐに、桃子が言葉をつぐ。

「あたしは、バスケの強い学校に行きます」

「バスケ部？」

「はい」

「坂和中《さかわちゅう》のバスケって、けっこう強くなかったっけ」

哲矢《てつや》がいうと、桃子《ももこ》はうれしそうに笑った。

「桃子は、新キャプテンなんです」

今度は朱音《あかね》がいって、なぜか悠人《ゆうと》を見てにっこり笑った。

「おれ、テニス部だった」

「へえ？　いいですね」

「哲矢は、テニス部の後輩《こうはい》とつきあってるんだ」

渉《しょう》がばらすと、少しだけ、哲矢はいやそうな顔をした。

「いいなあ、つきあう人がいるって。あたし、背《せ》が高いから、けっこう男子に敬遠《けいえん》されちゃう」

桃子がぼやくと、すぐに哲矢が、

「カッコいいじゃん。ファッションモデルとか、みんな背高いし」

などとフォローする。こういうところが、女子とうまくつきあうコツなのだろうか、と悠人《ゆうと》はみょうに感心してしまった。

「朱音《あかね》ちゃんと、ひよりちゃんは、カレシは？」

と渉《しょう》がきく。調子よく、ちゃんづけしている渉に、悠人は少しいらついた。悠人は、今も、朱音のことを富沢《とみざわ》さんと呼《よ》んでいるのに。

「いませんよ。いたらいいけど。新川《にいかわ》さんは？」

そうききかえしたひよりだが、なぜかちらっと悠人を見た。

「まったくダメ。おれ、バレンタインでも、義理《ぎり》チョコしかもらったことないし。哲矢《てつや》、今度、カノジョと東京行くんだって」

「うらやましい。ねえ、今度あたしたちも遊びに行こうよ」

「おれもいっしょに行きたい」

ひょうきんな態度《たいど》で渉がいったので、悠人はがまんしきれずに口をはさんだ。

「おれら、受験生なんだから」

あとはただ、たわいのない会話が続く。双方《そうほう》が初対面に近いのだから、無理はない。それでも、女子というだけで、渉ばかりか哲矢のテンションも上がるし、ひよりも桃子《ももこ》も、楽しそうによく笑う。

渉《しょう》がおどけたようにギャグをとばし、哲矢《てつや》が、

「おまえ、そんなことばっかいってるから、もてねえんだよ」

といじる。その様子を見た少女たちのあいだに、また笑いが広がる。朱音《あかね》も笑っているけれど、それが本心から楽しんでいるのかは、悠人《ゆうと》にはわからなかった。それでも、笑っている朱音を、明るい光の下で見られたことがうれしい。そして何よりも、親しくしている友だちがいることを確認《かくにん》できてうれしかった。たとえ、この子たちに、家のことを話せないにしても。

朱音がかかえている事情《じじょう》を知っているのは、自分だけなのだ、と思うと、悠人はなんともいえない不思議な気分になる。秘密《ひみつ》を頒《わか》っていることとの高揚《こうよう》。同時に、たまらなく朱音のことが愛《いと》おしかった。

悠人は、あからさまに朱音を見ないようにと気をつけながらも、ときどき、そっと様子をうかがう。何度か目があった。朱音がうかべるひそやかな笑顔を見るたびに、ずきんと胸《むね》がうずく。

「そうだ、ここの建物の外に、からくり時計あるんですよ。たしか、三時からだったんじゃないかな。見に行きませんか？」

ひよりの言葉に、すぐに乗ったのは渉《しょう》だった。

「よし、行こうぜ」

エスカレーターで地上に上がり、建物の外に出た。半円形の広場には、時計目当てらしい客がすでに何人か集まっている。たいていは、子連れの親子だった。

やがて、三時の時報《じほう》が鳴る。時計盤《とけいばん》が大きく回転し、オルゴールのメロディーに乗って、動くものが見えた。

「楽隊みたいですね」

桃子《ももこ》の言葉どおり、一体一体の人形は、太鼓《たいこ》をたたいたり、笛を吹《ふ》いたりする動作をしながらゆっくりとまわっていく。さらにわきの扉《とびら》が開いて、そこからは馬に乗った騎馬隊《きばたい》がせりだしてきた。

「お馬さんだ！」

小さい女の子のはしゃぐような声がした。そのとき、また朱音《あかね》と目があった。思わず頬《ほお》がゆるむ。

やがて、人形たちは出てきたのと逆《ぎゃく》の順番でひっこむと、時計台はもとの文字盤にもどった。同時に、集まっていた人々が散っていく。

「なんか、微妙《びみょう》じゃね？」

渉《しょう》が笑いながら、少女たちを見回す。

「でも、ちょっと楽しかったかも」

ひよりの言葉に、朱音《あかね》と桃子《ももこ》がうなずき、哲矢《てつや》も、

「だな。今度、弟つれてこようかな」

と笑った。

「あたしたち、そろそろ、帰らないと」

三人を代表するように、桃子がいった。

「おれたちは、もう少し下でねばるとするか」

哲矢の言葉に、男女三人ずつむきあうようなかたちで立った。

「じゃあ、みなさん、受験、がんばってください」

「ああ。ひよりちゃんと、朱音ちゃんは、東高で会おうな！」

渉が大げさに手をふっていった。

三人を見送ってから、悠人《ゆうと》たちはふたたびフードコートにもどった。

渉と哲矢がコーラを買ったが、悠人は何も買わなかった。

「おれ、のどかわいてないし」

といったが、本音は金が惜《お》しかったのだ。

「いい子たちだったな。明るくて」

哲矢《てつや》の言葉に応《おう》じるようにうなずいた渉《しょう》がきく。

「で、どの子がいいと思った？　おれは、朱音《あかね》ちゃんだな」

そういえば、渉は朱音にいちばん話しかけていた気がする。

「ほんの行きずりじゃん」

悠人《ゆうと》は、あえてそんな言葉を口にしてみた。いいながらも罪悪感《ざいあくかん》が否《いな》めない。悠人にとっての目的は、朱音に会うこと。ひとりだと照れくさいから、渉をひっぱりだそうとし、結果的に哲矢もついてきた。

「っていうか、あの子、柏木《かしわぎ》のことばかり、見てた」

哲矢がいうと、渉が唇《くちびる》をとがらせた。

「なんだよ、それ」

悠人は、ひやっとした。さいわい、哲矢は自分の隣《となり》に座《すわ》っていたから、悠人がどこを見ていたかはわからなかったろう。もしもそうでなかったら、悠人の視線《しせん》もまた、朱音ばかりを追っていたことに気づかれてしまったかもしれない。

「いちおう、知り合いだから」

言《い》い訳《わけ》のようなことを口にしてから、悠人《ゆうと》は、強引に話題をかえた。

「哲矢《てつや》、単願だっけ？　大学の附属高《ふぞくこう》だったよな」

「そ。東京のな。たぶん、だいじょうぶだと思う。入っちまえば、こっちのもんだよな。よほどのことがなければ、大学に行けるし」

「うちは、あんまし余裕《よゆう》ねえから、大学も国立目指すしかないしなあ」

ぽつりと悠人がいった。やがて、話題は入試からもはなれていったが、ふたたび、朱音《あかね》たちの話にもどることはなかった。

9

週が明けた月曜は、北寄《きたよ》りの風が冷たい冬らしい日だった。夜九時。坂和《さかわ》公園にむかった悠人《ゆうと》だが、いつになく緊張《きんちょう》していた。

この日、悠人はある決心をしていたのだ。

悠人が公園に着くとすぐに、朱音《あかね》はやってきた。顔をあわせたとたん、双方《そうほう》が笑顔になる。たった一度、明るい昼間に談笑しただけで、ぐっと距離《きょり》が近づいた気がする。

「このあいだ、楽しかった」

まず、朱音が口を開いた。いつにない明るさは、土曜の楽しさの余韻《よいん》ゆえだろうか。あるいは、父親がふだんより長くいたからかもしれない。

「おれ、セリフ、棒読《ぼうよ》みっぽかった」

「あ、でもね。ひよりが、柏木《かしわぎ》さんがいちばんタイプだって」

「それいうなら、新川《にいかわ》も、富沢《とみざわ》さんがいいって」

「べつにそういうんじゃないのにね」

「……だよな」

「けど、三人のときは、ちょっとつらい感じがあって」

「何か、あったの？」

「そうじゃなくて……」

「……だいじょうぶ？」

「だいじょうぶ」

と、答えてかすかに笑う。何かをきいて、だいじょうぶ、という答えが返ってきたことが何度かあった。それが、口癖《くちぐせ》になっているのかもしれない。

「あのとき、柏木《かしわぎ》さんたち見て、ほっとしたっていうか。女子トークにちょっと乗れなくて。ひさしぶりだったせいかな、外で遊ぶのが」

やっぱりそうなのか、という気もしたが、そうも口にできずにだまっていると、朱音《あかね》がまた口を開く。

「外だと、余計《よけい》に解放《かいほう》された気分っていうか。なんか、見てる景色がちがうって、思い知らされるような気がした。楽しかったんだよ、それは嘘《うそ》じゃない」

せっかくひさしぶりに友だちと遊んだのに、とせつない思いがする一方で、率直《そっちょく》に気持ちを語ってくれたことがうれしかった。

うながすようにあごを動かして、悠人《ゆうと》が歩きはじめると、朱音《あかね》は隣《となり》にならんだ。すぐそばで相手の息づかいを感じる。それだけで脈拍数《みゃくはくすう》が上がりそうだ。意識《いしき》を逃《に》がすように空を見上げ、

「今日は、風、強いな」

などといってみる。風のためか、夜空の星々がまたたいて見えた。

「こんな日は、星がうたう」

星がうたう……はじめて朱音に声をかけた日も、朱音は同じことを口にした。

「どんな歌なんだろ」

「小さな小さな、オルゴールの音色。ささやくような。じっと耳をすまさないと、きこえない」

しばらく、実際《じっさい》に歌がきこえるとでもいうように、無言のまま歩いた。横を見ると、朱音はまっすぐに前を見ている。何を考えているのだろう。

「あのさ」

悠人《ゆうと》は、おもむろに切りだす。

「え？」

朱音《あかね》が、悠人を見上げた。

「あ、いや。お母さん、どう？」

「お父さんに、あたってた。苦しいって。めずらしく」

「めずらしくって？」

「お父さんがいるときの方が、しゃんとしてるの」

「それ、前にもいってたね。元気なお母さん見てたいから、土日は家にいたいって。でも、今回はちがったんだ」

「うん。でも、ちょっとうれしかった」

「うれしいって、なんで？」

「お父さん、ふだんのつらそうなお母さんのこと、あんまり見てないから。はなれてるからしょうがないんだけど、軽く考えてるなって、お母さんの病気。わかってないっていうか、正直、いらいらする」

「お父さんは、ずっともどっては来られないの？」

「あと一年半は、無理みたい」

「……そうか」

「お父さん、ちょっとずるいって思う」

「ずるい？」

「お土産《みやげ》買ってきて、和花《のどか》を膝《ひざ》に抱《だ》いて、かわいがって。でも、かわいがるのと面倒《めんどう》みるのと、ちがうでしょ。わたしはしかたなしに怒《おこ》ったりするけど、お父さんは、甘《あま》えさせてる。家のこと、わかってないくせに」

「そういうことなのかなあ。男って、しょうもねえって、母親、ぼやいてた」

朱音《あかね》は少し口もとをゆるめてから、小さく息をはく。

「ほんとうは、もっとお母さんの状態《じょうたい》、わかってほしい。けど、ふだんの様子とか、わたしからはいえない。お母さん、かわいそうだから」

朱音だって、かわいそうじゃないか、という言葉をのみこむ。かわいそうだなんて、いわれたくないだろう、朱音は。

「お母さんのこと、好きなんだね」

「好きだよ。だから元気になってほしい。前みたいに」

それは、可能《かのう》なのだろうか。後遺症《こういしょう》は？　それに、再発《さいはつ》の可能性《かのうせい》もあるといっていなかったろうか。そうしたもろもろを、朱音《あかね》は一身に受けとめてきたのだ。どれだけつらかったろうと、そう思ってもなお、てらいなく親を好きだといいきれる朱音が、まぶしかった。

「どんなお母さんなの？」

「がんばり屋で、てきぱきしてる。もともとはね。でも、病気だから、今は、別人みたい。それが、いちばん……」

口にしなかった言葉はなんだろう。いちばん悲しい？　いちばんつらい？　ならば、いや、だからこそ、自分が支《ささ》えたい、朱音を。

「あのさあ、おれには、いいなよ」

朱音が、足をとめた。視線《しせん》がかちあう。唇《くちびる》をぎゅっとかみしめている朱音を見つめながら、悠人《ゆうと》は一気に、今日いおうと決意していた言葉をはきだした。

「おれ、いったよな。きくからって。朱音の話。だから、おれたち、つきあおう」

朱音の目が大きく見開かれた。何かいおうとするかのように、口を開きかけたが、言葉は出てこなかった。そのまましばらく、ふたりはその場に立ちつくしていた。エンジン音とともに、曲がってきた車のライトがあたりを照らしたが、近づいてきた車は、すーっと遠のいていく。そのとき、自分が富沢《とみざわ》さん、ではなく、朱音《あかね》と呼《よ》びかけたことに気づく。心の中では、ずっと前からそう呼んでいたけれど、口にしたのははじめてだった。

朱音はかすかに眉《まゆ》をよせて、

「……どうして？」

と、つぶやくようにいった。

「朱音のことが、好きだから」

好きと口にしたとたん、カーッと身体《からだ》が熱くなった。

「好き？」

「おれのこと、きらい？」

そんなはずはない。何度もいっしょに夜道を歩いたではないか。気持ちは通じあっていたはずだ。けれど、朱音は、苦しそうに顔をゆがめた。

「ごめんなさい」

「……ごめんって？」

朱音は、悠人《ゆうと》の反問に答えないまま、歩きだした。悠人も、朱音の歩みにあわせるように隣《となり》を歩く。

「柏木《かしわぎ》さん、やさしいから」

「…………」

「わたしなんかとつきあっても、楽しくないよ」

「そんなことはない」

「やさしくしてくれて、うれしかった。でも、わたしの家の状況《じょうきょう》に、同情《どうじょう》して、いってるんだって、思う」

「同情？　そんなこと、ない」

だが、朱音《あかね》はゆっくりと首を横にふる。

「柏木さん、いい人なのに。わたし、やさしくないって思う。けど、柏木さんが、やさしくしたいのは、柏木さんの都合なんだなって、思っちゃうんだ。だから、もう、会うの、よそう」

「本気で、いってるのか」

「だって、期末、悪かったっていってたじゃない。だからもう……。受験、がんばってください」

朱音《あかね》は、ふたたび立ちどまり、ぺこっと悠人《ゆうと》にむかって頭を下げると、そのまま背《せ》をむけて走りだした。

「まてよ……」

弱々しく声をかけるが、朱音はふりかえらない。なぜか、それ以上、足が動かなかった。

その日から、朱音と会うことはなくなった。

父と会うと約束した日がおとずれた。ショッピングセンターのフードコートで、社会の参考書を広げながら、父をまつ。

ほんの数日前、この場所で、六人で談笑した。そこに、朱音がいた。楽しそうに笑って。

同情《どうじょう》しているのだ、という朱音の言葉が何度もよみがえる。そうなのだろうか。出会ってからの日々をふりかえれば、最初はそんな気持ちもあったかもしれない。思いつめたような朱音の顔を見て、自分のやり場のない感情を勝手に重ねあわせた。けれど、朱音のかかえる事情は、自分などよりずっと深刻《しんこく》だった。それを知ったとき、支《ささ》えたいと思った。思いあがった感情かもしれないが、なんとかしたい、と。でも、だから会いつづけたわけではない。会いたかった。顔を見たかった。なぜなら、朱音と会っているうちに、いつの間にか、悠人《ゆうと》は心にうずまいていた怒《いか》りやもやもやした思いが、うすれていくのを感じていた。それをもってして、やさしくしたいのは、柏木《かしわぎ》さんの都合といわれれば、否定《ひてい》はしきれない。

父と会うのは気が進まなかった。しかし、約束をしたのだからしかたがないといいきかせて、待ち合わせ場所にむかった。それなのに、約束した時刻《じこく》がすぎても、父はあらわれない。

だから、自分の妻《つま》にもきらわれるんだ、と内心で毒づく。

参考書の子どもの権利《けんり》条約《じょうやく》というところに、マーカーがひいてある。覚えるためではない。気になったからだ。

ふっと息をはいて、参考書を閉《と》じたとき、

「よお」

と、頭の上から声が降《ふ》ってきた。顔を上げると、ひさしぶりに見る父の顔が目に入った。思わず、顔をしかめる。

「おせえんだよ」

「まだ、十分もたってないじゃないか」

父はむかいの席にどかっと座《すわ》る。中途半端《ちゅうとはんぱ》にのびた髪《かみ》は、母ならすぐに、だらしない、といいそうだが、案外似合《にあ》っている。着ているのはダウンのショートコートとデニムパンツで、中学生の悠人《ゆうと》とあまりかわらないアイテムだった。そういえば、父親のスーツ姿《すがた》など、あまり見た記憶《きおく》がない。みょうにわかわかしい父の様子と、それがサマになっていることにいらだち、つい、つっけんどんな言い方になってしまう。

「で、話って、なんだよ。こっちは受験生なんだから」

「そう、せかすなよ。とりあえず、飯食《めし》おう」

「寿司《すし》でもおごってくれるの？」

「そんな余分《よぶん》な金ないよ」

なさけなさそうな顔で、父親が笑う。結局、昼食はハンバーガーとフライドポテト、そして飲みもののセットになった。

「試験いつだ？」

「二月の十四日だったかな」

「バレンタインか。ずいぶん早いんだな、公立なのに。おれんときは二月の終わりだったぞ」

「場所もちがうし」

たしか、父は都立高校から東京の私立《しりつ》大学に進学し、そこで母と出会ったはずだ。

「一高、やめたんだってな」

「おれ、一高受けるなんて、一度もいった覚えねえけど。っていうか、話ってなんだよ」

「父親が、息子に会うのに、べつに理由はいらないだろ」

「直人《なおと》にも、そういえる？」

「あいつはきまじめだからな」

「柏木家《かしわぎけ》の、期待の星だろ」

「そうひがむなよ」

軽くいわれた言葉に、ぐさっと来る。

「ひがんでねえよ。事実だろ。直人に、東大行け、とかいってたじゃん」

「ジョークだよ。決まってるだろ。東大出たってしょうもないやつは、霞《かすみ》が関《せき》近辺にいくらでもいるだろうが」

父はへらっと笑った。

「とにかく、話ってなんだよ」

「クリスマスだろ。何か、ほしいもの、ないか」

「スマホ。通信費込《こ》みで」

「……スマホ、か」

「みんなもってるし」

「みんなってだれだよ。適当《てきとう》にみんなとかいうなよ」

「だからぁ！　クラスや塾《じゅく》のやつらだよ」

「そうか」

父は腕《うで》を組んで考えこむ。悠人《ゆうと》は、少し気の毒になった。

「いらねえよ。それより、ちゃんと生活費入れろよ」

「おまえも、かわいげなくなったよな」

と、父は笑った。

「おれ、高校に行ったら、バイトする。スマホ代ぐらい、自分でなんとかしないとな」

「直人《なおと》は、バイトしてないのか？」

「おふくろが、必要ないって。優等生《ゆうとうせい》はたいへんだよな」

「そうか。自慢《じまん》の息子だもんな。おまえとちがって」

父はにやっと笑った。むかつくが、否定《ひてい》はできない。それで、わざと意地の悪いことをきく。

「直人《なおと》は、おふくろに似《に》てるからじゃね？　っていうか、親父は、なんでおふくろと結婚《けっこん》したの？」

「いきなり、ずいぶんなことをきくじゃねえか」

「こんなふうにべつに暮《く》らすくらいなら、結婚なんかしなきゃよかったじゃん」

「結婚したときは、こんなふうになるとは思ってなかったよ。ただ、これだけはいっとくが、べつの女性《じょせい》と親しくなったから、陽子《ようこ》……母さんとうまくいかなくなったわけじゃないんだ。言《い》い訳《わけ》だけど」

「言い訳なら、いわなきゃいいだろ」

ぽんぽんと言葉が出てくる。これまで、父とこんなふうに会話していたことがあっただろうか、自分は。いや、もっと口が重かった気がする。やつあたりだ、たぶん。だが、それがののしりに近いものであっても、キャッチボールのような会話など、長いあいだ、家族とはしていなかった。

「言い訳っていうのはよ、いうためにあるんだよ」

「屁理屈《へりくつ》じゃん。っていうか、じゃあなんでって思うだろ。たぶん、おふくろは、女だって思ってんじゃねえの？」

「ガキのくせに身《み》も蓋《ふた》もない言い方するなよ。たしかに、悪いのはおれの方。それはまちがいないよ。しかしな、人と人との関係は、そんなに単純《たんじゅん》じゃないんだ。憎《にく》みあってるのに、はなれられない夫婦《ふうふ》だってある。少なくとも、おれたちは、憎みあってはいないよ」

人間関係はそう簡単《かんたん》にわりきれない、といわれればそのとおりなのかもしれない、とは思うが、なんだかはぐらかされたような気がした。

「……おふくろ、おれが、親父に似《に》てきたって、いやそうにいってた。迷惑《めいわく》な話だよな」

「そうか。でも、残念ながら、おまえはおれに似てるところがある」

「似てるって？」

「おまえは、直人《なおと》とちがって、リアリストにはなれない。直人は、目的のためには、冷徹《れいてつ》になれる。秋田のばあちゃんがいってたろ。悠人《ゆうと》は、やさしい子だって」

秋田の祖母《そぼ》とは、父の母ではなく、母の母だ。

「自分、やさしいっていってるわけ？」

「そうだよ。やさしいところがいいって。陽子《ようこ》も、秋田のばあちゃんも、そういったもんな。秋田のじいちゃんは、おれたちの結婚《けっこん》、反対したけど」

父はまた、へらっと笑った。

「やさしいなんて、なんの価値《かち》もねえじゃん。それで、受験乗りきれるわけでもないし。世の中、不公平だよな」

「まあ、たしかに、不公平だよな。貧乏人《びんぼうにん》の家の子と、金持ちの家の子じゃあ、受けられる教育だってちがってくるし」

「平等なはずだろ。おかしいじゃん」

「それは、おとながだらしないからだろうな。おれをふくめて」

「家族に病人がいるとかだって、子どもの責任《せきにん》じゃないし」

「そういうこともあるよなあ。これから、少子化でますます高齢化《こうれいか》社会になるから、認知《にんち》症《しょう》の家族を支《ささ》えなくちゃいけない家庭もふえるだろうし、子どもにだって影響《えいきょう》出るだろうな」

また、朱音《あかね》の顔がうかぶ。もう、会えないのだろうか、ほんとうに……。

「なんだ、悠人《ゆうと》。急にだまりこんで」

「めんどくせえな。生きるの」

「何いってんだよ、十五のガキが」

「まだ十四だよ。息子の誕生日《たんじょうび》ぐらい、覚えとけよな」

「そうか。三月生まれだったな。だがな、悠人《ゆうと》。面倒《めんどう》でも生きてくしかねえだろ。だから、どう生きるか、考えろ。おまえらしい生き方すればいい」

「らしい？　そんなの知るかよ。ってか、親父みたいにはなるなってことかな」

「だいじょうぶだよ。おまえは、おれとちがってやさしいから」

「自分もやさしいんじゃねえの？」

「やさしさがまちがうこともあるんだ」

そういうと、父はポケットから封筒《ふうとう》をとりだした。

「もらいもんだが、これ、おまえにやる」

「……金、のわけねえか」

悠人が、そういいながら、封筒を開くと、図書カードが入っていた。三千円のカードが二枚《まい》だ。

「本、読め。くだらないと思われる本でもいい」

「受験、終わってからだな」

「東高校はいい学校だよ。じゃあな」

父は、そういって立ちあがると、早足で去っていく。

「バカ。てめえのトレイ、片《かた》づけろよ」

と毒づいて、悠人《ゆうと》はふたり分の食器をまとめて、トレイをもどしにいった。

不思議なことに、父と会ったことで、悠人の心はほんの少しだが軽くなっていた。東高校がいい学校だといった。ならば、まちがっても不合格《ふごうかく》になったりしないように、もう少しちゃんと勉強しなければと、そう自分にいいきかせた。

家に帰ってから、悠人は、図書カードの一枚《まい》を兄にわたした。

「本、読めってさ」

兄はだまって、それを受けとった。

10

悠人《ゆうと》は、あいかわらず走りつづけている。けれど、坂和《さかわ》公園に朱音《あかね》がいることはなかった。ひとり、ブランコの前に立つと、口の中に苦さが広がる。もしかしたら、自分は、朱音にとって大切な、息ぬきの時間をうばってしまったのだろうか。


三者面談のとき、担任《たんにん》の入船《いりふね》は、母と顔をあわせたとたん、笑顔できいた。

「直人《なおと》くんは、がんばってますか」

母は、つられるように笑顔になった。

「その節は、お世話になりました」

入船は、直人の担任だったわけではない。世話になどなってはいないはずだから、母の言葉は社交辞令だ。ふたりのやりとりは、要するに、直人がいかに覚えめでたい生徒だったか、ということの証《あかし》なのだ。

「ぼくとしては、悠人《ゆうと》くんにも、一高を目指してほしかったんですがね。もう少しがんばれば、行けるのに」

「本人が決めたことですから」

淡々《たんたん》とそう告げた母に、入船《いりふね》はなぜかあまり多くを語らず、面談はあっという間に終わった。

廊下《ろうか》に出ると、渉《しょう》と母親が順番をまっていた。悠人は、ぺこっと頭を下げてから、

「新川《にいかわ》くん」

と、母に告げる。

「柏木《かしわぎ》悠人の母です。いつもお世話になっております」

「いえ、こちらこそ。悠人くんは、てっきり一高へ行くのかと」

あわてて渉が咳払《せきばら》いをしたが、渉の母は意に介《かい》さない。

「渉のこと、よろしくお願いしますね、悠人くん」

渉が、横の母を見て、口の形だけで「バカ」と告げる。思わず、くすっと笑ってしまった。

ふたたび軽く頭を下げて、外へとむかう。

「いい友だちね」

ぽつりと母がいった。何をもっていい友だちというのか、真意ははかれない。しかし、渉《しょう》がいい友だちであることはたしかだ。友だちが多い方とはいえない悠人《ゆうと》にとって、もしも、渉が同じクラスにいなかったら、下手をすると孤立《こりつ》していたかもしれない。その渉と哲矢《てつや》と、ショッピングセンターのフードコートで、朱音《あかね》たちとすごしたのが、なんだか遠い昔のような気がする。

あの日の記憶《きおく》をふりはらうように、悠人は首をふった。

「どうかしたの？」

母が怪訝《けげん》そうな顔をする。

「なんでもねえ」

今は、勉強に身を入れなければ、と己《おのれ》にいいきかせた。

英語や数学、それに国語は心配ない。苦手意識《いしき》があるのは社会だからと、塾《じゅく》の問題集を開くが、今ひとつ頭に入らずに、ふと気がつくと、朱音の顔を思いうかべている。もう何日、見てないだろう。小さく息をはいて頭をふり、また問題集にもどる。

教室でも、受験が近くなったせいか、昼休みも勉強をしている生徒が少なくない。その日は、悠人《ゆうと》も理科の問題集にとりくんでいた。

「どうかした?」

声にふりむくと、渉《しょう》が立っていた。渉は、空いていた前の席の椅子《いす》に、うしろ向きに座《すわ》った。

「どうかって?」

「ため息」

「ついてた?」

「二度。心、ここにあらずって感じ」

「受験、面倒《めんどう》くせえなあって」

「悠人は心配いらないだろ」

「ならいいけど」

「っていうか、そんなことじゃないだろ」

悠人は、思わず渉の顔を見つめてしまった。いつもどおりの、やわらかな笑顔だが、視《し》線《せん》はまっすぐに自分にむいている。相手の視線をはずしながら、悠人はつぶやくようにいった。

「そんなんじゃないって？」

「まさか、恋《こい》わずらいとか」

「なんだよ、それ」

と笑おうとしたが、口のまわりがこわばった。

「バカ、真《ま》に受けるなよ」

「……おれ、やっぱ、ふられたのかな」

ふいにそんな言葉がこぼれてしまい、悠人《ゆうと》はあせった。――何をいってるんだ……。

渉《しょう》は、ポカンとした顔で、悠人を見ていたが、それ以上、何もいわなかった。

放課後、校門を出たとたん、渉から、

「さっきの話、もしかして、このあいだの子？」

ときかれた。

「なんの話？」

「ふられたって」

「冗談《じょうだん》。関係ねえし」

渉《しょう》は、ふっと息をはいた。

「そういうとこ、なんていうか、水くさい、って思う」

「え？」

「今日だけじゃねえよ。なんかあったかなって。けど、いわねえんだよな、おまえって」

悠人《ゆうと》は、思わず足をとめて渉を見る。

「このあいだの子さ、哲矢《てつや》もいってたろ。悠人のことばかり見てたって」

「……つきあおうっていったんだ。みんなで会った、あのあと。けど、同情《どうじょう》だって、いわれた」

「どういうこと？」

「母親が、病気で。たいへんなんだ。家のこととか、妹の面倒《めんどう》とか」

渉は、眉《まゆ》をよせてむぅと息をはく。

「それでか。あの子、明るくふるまってたけど、なんか違和感《いわかん》あったんだよな」

その言葉に、悠人は軽くなぐられたような気になった。渉がそんなふうに感じていたとは。あのときの渉のハイテンションは、もしかして、あえてだったのだろうか。

「だから、もうすんだ話。それより、受験だし」

悠人《ゆうと》は、この話はもう終わりだ、というふうに話題をかえようとした。が、渉《しょう》はまだけわしい顔で悠人を見ている。

「こんなことというの、なんだけどさ。……悠人、覚悟《かくご》が足りなかったんじゃね？」

「え？」

「きつい言い方になって、悪いけど。そんな気がする」

「…………」

「そりゃあ、おれだってさ、カノジョいない歴が生きた年数だけどさ。つきあうって、なんか楽しいことを考えたいじゃん。いっしょに出かけたり、手をつないだりさ。でも、そんな甘《あま》いこと、考える余裕《よゆう》ないだろ。親が病気だったりしたら」

ふいに、朱音《あかね》の言葉がよみがえる。──わたしなんかとつきあっても、楽しくないよ。

「そんなことは、わかってるよ」

「ほんとに、わかってるっていえるかな？　おれ、ばあちゃんでさえ、家がこわれるって思ったこともあったよ。友だちづきあいなんて、二の次っていうか。話もあわなくなるし」

「つまり、つきあうどころじゃねえから、かかわるなってこと?」

そう問うと、なぜか渉《しょう》は、むっとした顔になった。

「悠人《ゆうと》って、思ったよりバカだな。好きなんだろ」

「……………」

「ちゃんと自分の気持ち、考えろよ。それで、ほんとうに好きだって、思うんだったら、何をするか。あの様子だとさ、学校の友だち、なんも知らねえんだろ。それなのに、おまえには話せたんだろ。同情《どうじょう》だっていわれて、ひきさがれるのかよ」

どこか諭《さと》すような渉の言葉に、悠人はなかば反発を感じながらも、なぜか鼻の奥《おく》がつんとなった。それをごまかすように、

「……渉は、友だち失ったり、しなかったんだろ。ばあちゃんの世話で、話があわなくなっても」

ときくと、渉は軽やかに笑った。

「おれ、人望あるもん。じゃあ、また明日」

「ああ」

ちょうどわかれ道に来ていた。軽く手を上げた渉は、小走りに去っていった。

秋田の祖母《そぼ》から小包が届《とど》いたのは、クリスマスの二日前だった。宛名《あてな》は直人《なおと》と悠人《ゆうと》の連名だった。中を開けると、直人宛《あ》ては小さな包みで、悠人宛ては箱に入ったものだったが、どちらもクリスマスらしい包装紙《ほうそうし》に包まれ、リボンがかけてあった。

「開けてみたら」

という母の言葉に、まず、直人が包みを開くと、商品券《しょうひんけん》が出てきた。

「好きなものを買いなさい、だってよ」

兄は商品券で、自分はそうではない。なんだか子どもあつかいされたような気がする。昔から、秋田の祖母だけは兄と公平にあつかってくれたのにと、つい恨《うら》みがましい思いにかられる。

「おまえも開けてみろよ」

直人にいわれて、悠人はしぶしぶ包装紙をとった。出てきたのは、スマホだった。

「母さんったら、何考えてるのかしら。受験前に」

母は眉《まゆ》をよせたが、悠人は、思わず首をかしげる。スマホがほしいといったのは父に対してだ。

悠人は、部屋にひっこんでから、祖母の手紙を読んだ。

――健一《けんいち》さんから、スマホをほしがっているとききました。わたしはよくわからないので、隆二《りゅうじ》に選んでもらい、充電《じゅうでん》すればすぐに使えるようにしてあります。三月までは、通信費もはらってあげます。受験、しっかりがんばりなさい。

隆二というのは、大学生の従兄《いとこ》の名だ。

父親が、祖母《そぼ》と連絡《れんらく》をとりあっていることに驚《おどろ》きつつ、やはり、父には自分でスマホを買ってくれるだけの余裕《よゆう》はないらしいことに、がっかりしてしまい、

「バカ親父。みっともねえんだよ」

と、つぶやいた。

スマホを手にしたことは、素直《すなお》にうれしかった。当然ながら、兄のものより新しいし、スタイリッシュな黒で、カバーも黒、保護《ほご》フィルムもはってあった。もやもやした思いはあったが、スマホ自体は気に入った。それに、これで渉《しょう》にも遅《おく》れをとらずにすむ。それどころか、渉はクリスマスに買ってもらうといっていたので、悠人《ゆうと》の方が少しばかり早く手に入れたことになる。

悠人は、急いで充電してから電源《でんげん》を入れた。自分でもったことはないが、調べもので母

のスマホを使わせてもらったことがあるので、ある程度操作《ていどそうさ》はできた。

まだまっさらだ。連絡先《れんらくさき》にもだれひとり名前はない。ラインをする相手もいない。

ふと、朱音《あかね》は、スマホをもっているのだろうか、と考える。今さら、意味のないことなのに。それでもつい、ネットでくも膜下《まくか》出血を調べてみた。朱音の母の病気だ。運動障《うんどうしょう》害《がい》、感覚障害、言語障害……。朱音の母親の場合、半身に麻痺《まひ》が残ったというし、感情《かんじょう》が不安定になったりするらしい。

ふつうにできていたことができない。それがどれほど苦しいことか、悠人《ゆうと》にはわからない。ただ、二年前に左の手首を捻挫《ねんざ》したことがあって、当初は足でなくてよかったと思ったが、短期間とはいえ、実際《じっさい》には何かと不自由だった。利《き》き手《て》ではないのにかなりいらいらしたことを、今さらながらに思いだす。朱音から最初に母親の病気をきいたときには、自分のけがと結びつけることさえ、できなかった。

鬱病《うつびょう》についても調べてみた。憂鬱《ゆううつ》、元気がない、不眠《ふみん》、ものごとを悪い方に考える。希《き》死念慮《しねんりょ》——むずかしい言葉だが、字面からなんとなくわかった。実際に鬱病で自殺してしまうこともあるらしい。鬱病患者《かんじゃ》のまわりの人は、元気になってほしいと思ってもはげましてはいけないという。自分の親だったら、どうしただろう。悠人は、あらためて朱音が背負《せお》っている現実《げんじつ》のきびしさを思った。

「ダメだな、おれ」

渉《しょう》にいわれたことがよみがえる。覚悟《かくご》といわれても何をどう考えたらいいのか、今もわからない。ただ、はっきりわかっているのは、会うのをよそうといわれても、朱音《あかね》のことを考えずにはいられないということだ。

そのときになって、ようやく気がついた。——それで、ほんとうに好きだって思ったら、何をするか。

渉は、自分を懸命《けんめい》にはげましてくれていたのではないだろうか。

せっかく祖母《そぼ》がくれたスマホだが、悠人《ゆうと》は、しばらく使うのをやめることにした。通信費をはらってもらうのはもうしわけないけれど、二月に試験が終わるまでは、スマホは使わない。買ってもらったことは、渉たちにもだまっていることにする。そう決めた。

悠人は、ひさしぶりに、兄の部屋の前に立ち、

「おれだけど」

と声をかけ、ふすまを開ける。直人《なおと》は、机《つくえ》にむかって勉強していた。

「なんだよ」

背中《せなか》をむけたままの直人《なおと》に、うしろ手でふすまを閉《し》めながら、悠人《ゆうと》は告げた。

「これ、あずかってほしいんだけど」

そして、ようやくふりかえった直人の目の前に、スマホを入れた箱をさしだす。

「どういうつもりだよ」

「ばあちゃんには悪いけど。試験が終わるまで」

直人は、わかった、というふうに手を出した。そのあとは、すぐにさっさと出ていけ、といわんばかりにまた背をむける。悠人は、その背中にむかって声をかける。

「あのさ」

「まだ、何か用か」

ふりかえらないまま、くぐもった声がする。声をかけたものの、悠人はすぐに言葉をひっぱりだすことができなかった。

「はっきりしないやつだな」

「高校、おもしろい？」

そんなことを知りたいわけではなかったが、とにかく、場をつなぐように、悠人はきいた。

「べつに、ふつう」

「大学とか、決めてんの？」

「だいたいはな。国立しか、無理だろ」

「……直人《なおと》は、スランプとか、ねえの？　勉強、やんなるとか。何もかも面倒《めんどう》になるとか」

直人は、ようやくふりむいて、きょとんとした顔を悠人《ゆうと》にむけた。

「バカじゃねえの、おまえ。そんなのがないやつなんて、いるわけねえだろ。ロボットじゃねえんだから」

「……そっか」

「いつも悠人見て思ってたよ。次男坊《じなんぼう》は気楽でいいなってな」

「…………」

「けど、それってたぶん、隣《となり》の芝生《しばふ》は青いってたぐいの話なんだろうし。ちょっとちがうかな、立場は、ものじゃねえから」

直人は、自分の言葉にツッコんでかわいた笑いを立てた。

「おれ、直人《なおと》のせいで、すげえ、迷惑《めいわく》してるから」

そういうと、悠人《ゆうと》は背《せ》をむける。短い会話ではあったけれど、このところ感じていたような、いらだちはなかった。

兄とうまく話せなくなってから、こっちの気持ちなどわかっていないのだと思っていた。でもそれは、自分が相手の気持ちをわかっていない、ということでもあったのだ。今も、わからない。それでいいのかもしれない。

ふすまを開けてから、悠人はもう一度、兄をふりかえった。

「勉強って、コツ、あると思う?」

「好きになることかな」

兄らしい答えだと思いながら、悠人は部屋を出た。


クリスマスイブの夜、悠人はいつもより早く、家を出た。しばらく行っていなかった坂《さか》和《わ》公園まで、今日は走ろうと思っていた。あれから、朱音《あかね》を見ることはなくなった。でもきっと、今も朱音は、時間をずらしたりしながら、夜の公園をおとずれているような気がする。とはいえ、朱音をまつというつもりではない。

自分の気持ちを考えろと、渉《しょう》はいった。その上で、今ははっきり思える。同情《どうじょう》なんかじゃない。同情だというのなら、なんで会えないことがこんなに苦しいのだろう。朱音《あかね》に会いたい。ちゃんとむきあいたい。自分の気持ちを伝えたい。

ジャケットのポケットに、学校からこっそりもってきたピンクのチョークが入っている。

公園のすぐそばに、庭をイルミネーションで飾《かざ》っている家があった。色とりどりの豆電球が点滅《てんめつ》するのを横目で見ながら、悠人《ゆうと》は走った。

公園には、まったく人気《ひとけ》がなかった。足をとめて息をはくと、ほわっと顔のまわりが白くなった。手をこすりあわせてから、悠人は、ブランコに近い敷石《しきいし》の前にかがむ。それから、ポケットに入れていたチョークをとりだして、敷石に書きつけた。

Dear A

Merry Xmas!

Y・K

これを、朱音《あかね》が見る保証《ほしょう》はない。いや、見ない可能性《かのうせい》の方が高い。たとえここをおとずれたとしても、気がつかないかもしれない。

「自己満足《じこまんぞく》だよな」

ぽつりとつぶやいて笑う。それから空を見る。クリスマスイブの今日、どこかで朱音も、この星空を見るだろうか。

そのとき、かすかな音がきこえた。小さな小さな、ハンドベルのような音。けれどもそれは、一瞬《いっしゅん》のことで、気のせいだったのかもしれない。そのとたん、目頭が熱くなった。

悠人《ゆうと》は、ゆっくりと踵《きびす》を返し、夜の住宅街《じゅうたくがい》にむかって走りだした。

次の日の昼、悠人は坂和《さかわ》公園に行ってみた。昼の公園は、子どもの姿《すがた》でにぎわい、あちこちからかんだかい声が響《ひび》いていた。敷石《しきいし》の文字は、少しうすれていたが、まだ残っていた。

悠人は、そのまま、坂和ヒルズにむかった。そして、郵便受《ゆうびんう》けの前に立ち、富沢《とみざわ》という文字をさがす。五〇六号室にその名が記されていた。そこに、小さな封筒《ふうとう》を投じた。

11

イブの夜を最後に、悠人《ゆうと》は、夜のランニングを休止することにした。母にそう告げると、

「好きになさい」

といわれた。二年前、直人《なおと》に対してはずいぶん細かく指示《しじ》を出していた母の姿《すがた》が頭をよぎるが、もうそういうことにいらだちは感じなくなっていた。今は、目の前のこと——受験に集中しようと思った。

　これまで敬遠《けいえん》していた公民を、おもしろいと思うようになった。憲法《けんぽう》などの条文解説《じょうぶんかいせつ》を読んでも、現実《げんじつ》とはちがう、と腹立《はらだ》たしくなる。もしかしたら、朱音《あかね》との出会いがあって、ものごとをリアルに考えるようになったからかもしれない。そう思いいたったとき、ほんの少しだが、勉強と生きることがつながった。そして、勉強のコツを、好きになることといった兄の言葉も納得《なっとく》できた。まだまだ、好きになれない教科もあるけれど。

郵便《ゆうびん》受《う》けに入れた手紙を、朱音は読んでくれただろうか。ふと手をとめると、つい考え

てしまう。いや、今は勉強だ、といいきかせる。

年末の大掃除《おおそうじ》のときに、思いきって、古い衣類とマンガや本を処分《しょぶん》することにした。捨《す》てるものを部屋の外に運びだす。なんだか身が軽くなったような気がした。

十字にしばったマンガ本を見た直人《なおと》から、

「それ捨てちゃうのかよ。だったら、よこせよ」

といわれてびっくりした。兄がほしがったのは、ナンセンス系《けい》のマンガだった。

「いいけど、しばりなおしてくれよ」

悠人《ゆうと》は、笑いたくなるのをおさえて、ぶっきらぼうな声でいった。


大晦日《おおみそか》に、三人で年越《としこ》しそばを食べていると、父がやってきた。母はだまって父を招《しょう》じいれた。

「よお、元気か」

ひょうひょうとした声で、軽く手を上げた父に、直人がぼそっとつぶやいた。

「ほかにいいようねえのかよ」

「健一《けんいち》さんも、召《め》しあがりますか？」

ときいた母の声は、少しかたかった。

「いや、もう食った」

父はテーブルにケーキの箱をおいて、椅子《いす》に座《すわ》った。

「やっぱ、大晦日《おおみそか》はケーキかなって」

父の言葉で、悠人《ゆうと》は急に思いだした。そういえば、幼《おさな》いころ、クリスマスにケーキはなかったが、毎年、大晦日に父がケーキを買ってきた。悠人が小学校の高学年になるころには、そんな習慣《しゅうかん》もなくなっていたが。

「なんで大晦日がケーキなの？」

悠人がきくと、父は母のことをちらっと見た。

「陽子《ようこ》……さんの、お考えで」

「母さんの？」

「つまりさ、母さんがいうには、クリスマスのケーキは、ケーキ屋にとって、年間の売り上げのかなりを占《し》めるってわけだ。当然、前から準備《じゅんび》して冷凍保存《れいとうほぞん》する。保存料も多く使うかもしれない。なので、鮮度《せんど》に欠ける」

「そんな理由があったんだ」

直人《なおと》が、眉《まゆ》を開いていった。

父は、それには答えず、テレビに目をむける。紅白《こうはく》歌合戦の最中《さいちゅう》で、悠人《ゆうと》の知らない女性《じょせい》の歌手がうたっている。

「紅白も、かわったよな」

年越《としこ》しそばを食べおわると、母は手早くどんぶりを片《かた》づけ、

「日本茶でいい？」

と、だれにいうともなくきいた。ケーキに日本茶か、とは思ったが、昔から両親はそうだったかもしれない。

父が箱を開くと、種類のちがうケーキが四個《こ》入っていた。そうだ、父はいつもこういう買い方をする。そして、幼《おさな》いとき、最初に選ぶのは直人だった。あんのじょう、

「おれ、チョコレートケーキ」

と直人がいって、さっさと自分でチョコレートケーキを皿にとる。たかがケーキとはいえ、悠人は、内心ではほっとした。自分がいちばんほしいのは、モンブランだったから。悠人が、モンブランに手をのばしたとき、父がぽつりといった。

「直人は、悠人が好きなもの、わかってんだな。昔から」

えっ？　と、思わずケーキをとりおとしそうになった。直人《なおと》を見ると、父の言葉など意に介《かい》さないというふうに、すでにケーキにフォークを入れている。ふいに合点《がてん》がいった。最初の選択権《せんたくけん》はいつでも兄がもっていた。けれど、不思議とねらっていたものをとられてくやしかったという記憶《きおく》はなかった。

母がチーズケーキをとり、父は最後に残ったフルーツトルテをとった。食べながら、たわいのない話をする。大晦日《おおみそか》なのだから、だれもが面倒《めんどう》な話などしたくはなかったのだろう。こんなふうに家族が四人そろって、平穏《へいおん》な時間をすごすのはいつ以来だろうか。

紅白《こうはく》歌合戦の二部がはじまって少したってから、父が立ちあがる。

「じゃあ、おれ、行くわ」

この前会ったときに着ていたのと、同じダウンのショートコートを羽織《はお》ると、父が玄関《げんかん》にむかう。悠人《ゆうと》だけが、立ちあがって玄関まで送った。

「受験、がんばれよ」

「うん。あ、スマホは、受験終わるまで、使わねえから」

「そんなの、おまえの勝手だよ」

わざとらしく片頬《かたほお》で笑い、父は扉《とびら》の外に消えた。

紅白《こうはく》には、さほど興味《きょうみ》がなかったので、悠人《ゆうと》は先に風呂《ふろ》に入らせてもらうことにした。湯船につかりながら、先日、朱音《あかね》に宛《あ》てた手紙の文面を反芻《はんすう》する。

朱音へ

同情《どうじょう》だっていわれて、とっさに思ったのは、ちがう、そんなんじゃないってことだった。でも、そのあとで、すごく考えた。正直にいうと、最初は、そんな気持ちがあったかもしれない。たぶんおれ自身が、自分をもてあましていて、思《おも》い悩《なや》んでいる朱音に勝手に感情移入《かんじょういにゅう》して。だけど、朱音のことが少しわかって、自分が、甘《あま》っちょろい考えだったとも思った。

同情じゃない。けど、もし同情だったら、それっていけないことだろうか。朱音の状《じょう》況《きょう》が、少しでもよくなってほしいと、そう願うことが。

会わなくなって、会いたくてしかたがなかった。勉強しているときでも、つい、朱音のことを考えてしまう。だから、やっぱりおれは、朱音のことが好きなんだと思う。

朱音《あかね》がおれのことを好きじゃなくてもしょうがない。人の気持ちをどうこうできないから。

でも、もしも、朱音が少しの時間でも、おれとすごすことがいやじゃなかったら、少しでも、会いたいと思ってくれるなら、元日の朝、初日の出を見ないか？

おれたちが、何度も会ったあの場所で、まっている。

日の出の時刻《じこく》は、六時五十一分だから、おれは六時半に行く。

悠人《ゆうと》

あと数時間で年がかわる。だからといって、特別、何かがかわるというわけではない。けれど、明日の元旦《がんたん》は、悠人にとって特別な時間になりそうだ。朱音が来たとしても、来なかったとしても。明日、晴れるようにと、悠人は心の中で念じた。

12

朝五時半にかけた目覚ましが鳴る。はねおきてカーテンをひいたが、外はまだ真っ暗だった。

悠人《ゆうと》は、すばやく着替《きが》えると、キッチンに行って牛乳《ぎゅうにゅう》をレンジで温めた。

もの音を察知したのか、母が部屋から出てきた。

「ずいぶん、早いのね」

「あ、おはよう。……っていうか、おめでとう、か。初日の出、見てこようかなって」

いいながら、一気に牛乳を飲みほす。

「そう。行ってらっしゃい」

あくびまじりの声で、母がいった。

外に出ると、あたりはまだ夜の闇《やみ》に支配《しはい》されていた。

日の出の時刻《じこく》まではだいぶ間があるので、気のむくままに歩きだす。

空を見上げる。心なしか、ふだんより星がくっきりと見えたが、空の色は刻一刻と闇《やみ》を後退《こうたい》させ、星々のきらめきが消えていく。やがて、南東の地平線に近いところから白みはじめ、そこに茜色《あかねいろ》がとけだしていく。

悠人《ゆうと》は、坂和《さかわ》公園の方に足をむけた。軽くジョギングするうちに、寒さは気にならなくなったが、はく息が白かった。

朱音《あかね》は、来るだろうか。公園が近づくにつれ、不安が高まる。でも、自分にできることはまつことだけだ。

なぜか、昨日の親の顔が脳裏《のうり》にうかぶ。両親のあいだに通う感情《かんじょう》は、もはや愛情とは思えなかった。それなのにやはり、ふたりのあいだにはたしかに通うものがあったように感じた。ふいに、父親が、「行く」といって出ていったことがよみがえる。「帰る」とはいわなかった。

この先、ふたりがもとにもどることはないのかもしれない。それでも、悠人にとって母は母であり、父は父だ。

人通りはほとんどなかったが、男女のカップル一組と、四人の家族連れと出会った。この近くにある神社に初詣《はつもう》でに行くのだろう。車もめったに通らない。が、年賀状《ねんがじょう》を配達する郵便局員《ゆうびんきょくいん》の赤いバイクとは、何度か行きあった。

公園が目の前に迫《せま》ってきて、ジョギングから早足にかえる。それから徐々《じょじょ》にスピードを落とす。足の動きとは逆《ぎゃく》に、心臓《しんぞう》の鼓動《こどう》が速くなる。

ぐっと、一度手をにぎりしめてから、公園の敷地《しきち》に入る。中には、まったく人影《ひとかげ》がなかった。

時計を見ると、ちょうど六時半だった。

悠人《ゆうと》は、すべり台にのぼって立った。空は地平に近いほど明るい。上空はまだ薄墨《うすずみ》を流したような青みをおびた空だが、東の方は刻一刻《こくいっこく》と、黄に染《そ》まっていく。まるで、音がするようだ。いや、それは己《おのれ》の心臓の音だ。

入り口の方は、けっしてふりかえらないと決めた。それなのに、つい視線《しせん》を落としてしまいそうになる。

人声がきこえた。公園の外からだ。悠人は、唇《くちびる》をかんで空を見つめる。やがて、その人声が消えた。

どれくらいたったろうか。かすかな足音が、耳に届《とど》く。悠人の目は、じっと地平線を見ている。

足音が近づいてくる。ザリッ、ザリッという音に、ドクンドクンと鳴る胸《むね》の鼓動《こどう》が重なる。

そのとき、東の地平から、光が放たれた。

「日が昇《のぼ》る！」

悠人《ゆうと》は、空を見つめたまま叫《さけ》んだ。

すべり台の階段《かいだん》をのぼってくる音がする。やがて、せまいすべり台の上に、ふたりはならんで立った。

「間にあった」

朱音《あかね》がつぶやいた。ふたりの腕《うで》がふれた。悠人は、空を見つめたまま、そっと朱音の手をにぎる。朱音は手袋《てぶくろ》をしていなかった。

地平から太陽が顔を出す。ふいに朱音が手をはなした。そして、左腕《ひだりうで》を悠人の右腕にからめたまま、両手を胸の前にもっていくと、掌《てのひら》をあわせる。悠人も、同じように手をあわせた。

――どうか、よい年になりますように……。

太陽が、地平からういた。悠人《ゆうと》は、はじめて隣《となり》に立つ朱音《あかね》を見る。

「Ｈａｐｐｙ　Ｎｅｗ　Ｙｅａｒ！」

「おめでとう」

寒気に頬《ほお》を赤く染《そ》めながら、朱音が笑顔を見せた瞬間《しゅんかん》、相手をぎゅっと抱《だ》きしめたくなった。その衝動《しょうどう》と闘《たたか》いながら、悠人も笑顔を返す。

朱音の瞳《ひとみ》から、涙《なみだ》がすーっと流れた。口もとは笑っているのに。

「やだ、泣き虫みたい」

照れ笑いをしながら、朱音は手《て》の甲《こう》で涙をぬぐう。

「来てくれて、ありがとう」

「わたしも……ありがとう。会わないって自分からいったくせに、会えないのがさびしくて……。うちのこと、なんで、柏木《かしわぎ》さんには、話せたんだろう。ひよりたちにも、話せなかったことなのに。学校がちがうからだっていったけど、自分でいいながら、嘘《うそ》だって思った。いろいろ考えたけど、結局、理由なんてわからない。だれにも知られたくないって思ってたの、ずっと。だけど、柏木さんが知っていてくれて、そのことがやっぱりうれしかったんだって、会わなくなって、わかった。最初は、なんでって思った。おせっかいだな、うっとうしいなって。でも、いつのころからか、まってた。そのことに気がついた。だから……さびしかった」

勢《いきお》いこむように一気にそういうと、朱音《あかね》の瞳《ひとみ》から新たな涙《なみだ》が流れた。それを見なくてすむように、悠人《ゆうと》は、そっと手を朱音の肩《かた》にまわした。まわした手を少し自分の方にひきよせる。朱音の髪《かみ》からシャンプーのかすかな香《かお》りがした。それが、不意打ちのように鼻孔《びこう》をくすぐり、悠人はしばし陶然《とうぜん》となった。

やがて、悠人は朱音の肩から手をはなすと、すべり台からとびおりて、朱音を見上げる。紺色《こんいろ》のダッフルコートの下から、チェックのスカートが見えた。どうするかと見ていると、朱音はにっこり笑ってとびおりた。かすかにスカートがひるがえったが、無事、着地する。

朱音は、ブランコの方に歩いていった。そして、敷石《しきいし》を指さす。イブの夜に、Ｍｅｒｒｙ Ｘｍａｓ！ と、悠人が書いたところだ。

「まだ、ちょっと残ってる」

「気がついたんだ」

「うれしかった。これ見て、すごく。わたし、会えてよかった。柏木《かしわぎ》さんと」

「こっちこそ。おれ、朱音に……すげえ助けられたって思ってる」

「逆《ぎゃく》だよ」

悠人《ゆうと》は、首を横にふった。

「マジだって」

もしも、あのとき、朱音《あかね》と出会わなかったら、やりきれない思いをかかえたまま、今も悶々《もんもん》としていたかもしれない。朱音と出会って、いろんなことを考えた。考えたからこそ、気がついたこともたくさんあった。そのひとつひとつを、朱音に伝えようとは思わないけれど。

「一年と三か月後、ほんとに、同じ高校に通えたらいいな」

「わたしも、がんばる」

「まず、おれががんばらなきゃ」

「わたしも、楽しいこと、見つける」

「楽しいって?」

「柏木《かしわぎ》さんの、変顔想像《そうぞう》するとか」

「なんだよ、それ。っていうか、その柏木さんって、他人行儀《ぎょうぎ》だと思わねえ?」

「じゃあ、なんて呼《よ》べばいいの?」

「名前で」

「悠《ゆう》ちゃんとか？」

「それは、ちょっと」

「悠人《ゆうと》、さん」

「さん、はなくていいから」

「……なんか、はずかしいんですけど」

朱音《あかね》は、両手で自分の頰《ほお》を押《お》さえた。

「いいよ、なんでも。好きに呼《よ》べば」

少し乱暴《らんぼう》にいって、悠人は朱音の手をひく。

「歩こう」

外はすっかり明るくなっていたが、元日の朝、道を歩く人は少なかった。年賀状《ねんがじょう》配達のバイクが、ふたりを追いぬいていく。

「さっきも、見かけたけど、元旦《がんたん》から、働いてるんだな」

「……介護《かいご》も、そういう人、いるよ」

「そうだな」

「なんか、へんな感じ」

朱音《あかね》が、くすっと笑う。

「へんって？」

「朝だから」

「たしかに」

悠人《ゆうと》は、笑った。

「でも、いいね。朝」

「今度は、昼、な」

「え？」

「東京とか、いっしょに行けたらいいなって」

「いつ？」

「受験が終わって……春休みかな、やっぱ」

「そうだね。先に楽しい計画があるって、いいかも」

「おれさ、受験、がんばる。だから……」

「試験が終わるまでは、会えないね」

いいよどんだことを、朱音《あかね》がいってくれた。県立の入試が終わるまでは、あと一か月半ある。

学校の友だちのだれにも話していないことを、悠人《ゆうと》にだけは話してくれた。だから、今日までのこの半月、会えなかった時間に、朱音が、家のことを話せる相手はいなかった。それなのにまた、しばらく話をきくこともできずに、朱音をひとりにしてしまう。話してほしい、きくからといったのは、悠人自身なのに。

「……ごめんな。今日、おれが呼《よ》びだしたのに」

朱音は、首を横にふった。受験なんかなければいい、と思う。けれども、自分は、どうしても東高に合格《ごうかく》しなければならない。

「わたしと会ってて、悠人さんが受験に失敗したら、わたし、一生後悔《こうかい》すると思う。でも……」

「でも？」

「塾《じゅく》のない日の夜九時に、一分だけでいいから、空を見てくれたら、うれしい」

「空？」

「わたしも、同じ時間に空を見る。そのとき、悠人さんも、同じ空見てるって思えたら、いいな」

「わかった。約束する」

十五分ほど歩いて、ふたりはこれまで夜に歩いたときと同様に、坂和《さかわ》ヒルズにむかう。

「じゃあ、次は、二月十四日の夜、九時に、坂和公園で」

「絶対《ぜったい》に受かって！」

悠人《ゆうと》は、うなずいた。朱音《あかね》の手が、ゆっくりと悠人の手からはなれた。そして、背《せ》をむけてエントランスにむかう。

キー操作《そうさ》して自動ドアが開いたそのとき。

「朱音！」

悠人は叫《さけ》んだ。そして、ふりむいた朱音にむけて、思いっきり、唇《くちびる》をゆがめ、眉尻《まゆじり》を下げた。

朱音の顔に、一瞬《いっしゅん》で向日葵《ひまわり》が咲《さ》いたような笑みが広がる。

——おれの変顔、思いだして、笑えよ……。

冬休み明け直後の模擬《もぎ》試験は、まずまずだった。それでも、特別に内申《ないしん》がいいわけではないので、悠人《ゆうと》は、まじめに受験勉強にとりくんでいた。古いラジオを部屋にもちこんで、音楽をききながら問題集にむかう。

ラジオが、夜九時の時報《じほう》を告げると、おもむろに窓《まど》を開ける。冷気が一気に入りこむが、気にはならない。そのまま一分間、夜空を見る。

――朱音《あかね》、見てるか？　今日は、星がうたってるみたいだな……。

夜、ベッドに入る前に、カレンダーに×をつける。入試まで、あと何日と数える。そして、朱音に会える日まで。

やがて月がかわった。節分がすぎて立春がおとずれる。春は名のみで、その翌日《よくじつ》、雪が降《ふ》った。大雪というほどではなかったが、東京の都心では電車の遅《おく》れなどの影響《えいきょう》が出た。

「今日が受験じゃなくてよかったわね」

母がいったが、

「当日だって、わかんねえじゃん」

と悠人は笑った。

夜、窓を開けるとすでに雪はやんでいたが、家々の屋根にうっすらと雪がつもり、淡《あわ》いブルーに見えた。空気はしんとしているのに、あたりが明るい。この雪景色を、朱音も見ているのだろうか。

カレンダーの×が確実《かくじつ》にふえていく。悠人《ゆうと》は、ひたすら勉強をした。そうして、県立高校の受験日がおとずれた。さいわい、晴れわたった朝だった。

13

試験を終えて家にもどった悠人《ゆうと》は、直人《なおと》の部屋をおとずれた。この日は当然、直人の高校も休みだ。

「どうだった？」

「直人が、はずかしくていえねえ、ってことは、ないと思うよ」

「そうか」

直人は、悠人が何もいわないうちに、スマホをわたした。

「サンキュー。助かった」

「充電《じゅうでん》しておいたから」

「あ、うん」

自分の部屋にひっこんでから、悠人は早速、渉《しょう》の連絡先《れんらくさき》を登録した。それから、ラインを立ちあげて、友だち申請《しんせい》する。渉を通じて、哲矢《てつや》ともつながった。坂和中《さかわちゅう》の博貴《ひろき》にも連《れん》絡《らく》した。博貴《ひろき》の電話番号も、今日、試験会場で会ったときにきいてメモしていた。

スマホでの友人は、まだ三人だ。

「そうだ、あいつも……」

悠人《ゆうと》はそうつぶやいて、直人《なおと》に友だち申請《しんせい》をする。

「友だちじゃねえけどな」

と自分でツッコんで笑う。それだけすませると、アラームを三時間後にセットして、ベッドにごろりと寝《ね》ころんだ。ひと眠《ねむ》りしよう、と思ったのだ。

朱音《あかね》の夢《ゆめ》を見た。悠人は、夢の中でそれが夢だと感じていた。朱音が笑っている。朱音を見つめているその視線《しせん》が、ゆっくりと下に移動《いどう》していく。少しつりあがった目から、唇《くちびる》。何かいおうとしているのか、少し開き加減《かげん》だった。それから、あご、首筋《くびすじ》、鎖骨《さこつ》、胸《むね》……。

はっとして目が覚めた。アラームはまだ鳴ってはいなかった。そのまま、風呂場《ふろば》に行って熱いシャワーを浴びた。ついでに下着を洗《あら》う。約束の時間がまちどおしかった。

夜八時五十分。

「走ってくる」

母に告げて、悠人《ゆうと》は外に出た。ちゃんと来てくれるだろうか。いや、来てくれるはずだ。会ったら何を話そうか。ずっと会いたかったと。何度いってもいいたりないぐらいに思ったと。朱音《あかね》も、そう思ってくれるだろうか。

昼寝《ひるね》のときに見た夢《ゆめ》をぼんやり思いだす。見たことがないはずの朱音を見た。身体《からだ》がじんじんする。なんでこんなに熱いのだろう。

公園の入り口に足を踏《ふ》みいれる。

朱音は来ていた。最初に見たときと同じ、ブランコに座《すわ》ってじっとしていた。悠人は、走りよった。それに気づいた朱音が、ブランコから立ちあがる。悠人は、少し乱暴《らんぼう》に朱音の腕《うで》をひいて、そのまま抱《だ》きしめた。このまま、ふたりで夜空の果てにとばされてしまえばいい。

だが……。

ふれんばかりの距離《きょり》で朱音の顔を見た瞬間《しゅんかん》、ほとばしる熱が、急速に冷めた。

朱音は笑っている。悠人を見て笑っている。それなのに、その顔は疲《つか》れを隠《かく》せずにいた。

「何か、あった？」

おそるおそるきく。それには答えずに、朱音は手にしていたトートバッグから、小さな箱をとりだす。

「受験、おつかれさまチョコ」

「……ありがとう」

「嘘《うそ》だよ。本命のチョコだから」

朱音《あかね》はまた笑った。だが、やはりそれは、懸命《けんめい》に楽しそうな顔をつくっているというふうだった。

「何が、あったの？」

真顔できくと、朱音の顔がゆがんだ。

「わかっちゃうんだね。うれしくて、くやしい」

「きくって、いったろ？」

「夜、空を見てくれた？」

「もちろん」

「わたし、何度も、変顔、思いだした」

「おれの？」

「そう。そのたびに、笑って。もしも、悠人《ゆうと》の変顔、思いだせなかったら、くじけてたかもしれない」

「少し、やせた？」

さすがに、やつれたとは口にできなかった。

「おじいさんが、亡《な》くなったの」

「たおれたっていってたおじいさん？」

「うん。癌《がん》だった。そんなに長くないって、わかってたんだけど。でも、亡くなったとき、少しだけ、期待しちゃった。また、おばあさんが、来てくれるんじゃないかって」

「…………」

「ひどい人間だよね。最低だよね、わたし。だから、罰《ばち》があたっちゃった」

「罰って？」

「……お母さん、おじいさんのことが、ショックでまいっちゃって。寒いのもよくないみたいで。こんな自分、生きてる意味ないって泣くの。わたし、どうしたらいいか、わからなくて。なだめたり、怒《おこ》ったり。学校にも行けないときもあって」

「何日も？」

「二日かな、休んだのは。でも、母が病気で、っていえなくて。自分が風邪《かぜ》ひいたことにしたけど」

つらいときに、つかなくていい嘘《うそ》をつかなければならないなんて、と思うと、むしょうに腹立《はらだ》たしくなる。でも、だれに対して？　その答えは、ない。

「ごめんな。話、きいてやれなくて」

「悠人《ゆうと》のせいじゃないよ」

「和花《のどか》ちゃんは、だいじょうぶだった？」

「……いろいろ、不安みたいで。あの子は、お母さんの病気のことが、ちゃんとわかってるわけじゃないから。あたしも学校行かないって、だだこねられて……なんとか行かせた。かわいそうだなって思う。でも、こっちもいらいらしてやつあたりしちゃう。まだ小二の子に。そんな自分が、きらい。ほんとに、きらい」

朱音《あかね》の瞳《ひとみ》からぼたぼたと涙《なみだ》が落ちた。ふたたび悠人は、朱音を抱《だ》きしめる。そして、耳もとで、

「おれは、好きだ。どんな朱音でも、おれは好きだから。大好きだから」

とくりかえす。

「早く春が来ればいいのに。せめて、暖《あたた》かくなればいいのに。そしたら、お母さんの気分

だって、少しはよくなると思うのに」

「そうだな」

「おじいさんのこと、好きだったんだよ。でも、お葬式《そうしき》、行けなかった。お父さんがひとりで行った。だって今、お母さん、ぜんぜん外に出かけられないの。時間がたてばよくなると思ったのに。ぜんぜんダメ」

朱音《あかね》は、悠人《ゆうと》の胸《むね》にしがみついて泣きじゃくった。悠人はただ、朱音の背《せ》を軽くたたきつづけた。そしてようやく朱音が、みずからの手で涙《なみだ》をぬぐったとき、

「なあ、朱音。おれに何ができる？　できることがあったら、いって」

と、告げた。

「お風呂《ふろ》に入れない日があっても、きらいにならないで」

つい、笑ってしまった。

「あたりまえだろ。そんなことで」

「そんなことって、軽くいわないで」

涙の跡《あと》を残したまま、朱音は、頬《ほお》をふくらませた。

「わかったから」

「わたし、ほんとは、泣き虫じゃないよ。わたし、強いから」

「わかってる。朱音《あかね》は、強い。でも、泣きたいときは、泣けばいい」

悠人《ゆうと》は、朱音の手をひいた。

「少し、歩こう」

しばらく言葉を交わすことなく、夜の道を歩く。朱音の手はひんやりと冷たい。悠人の手も冷えている。ここに来るまでの熱はもはやない。それでも、悠人の心は熱かった。


十分ほどの散歩を終え、また翌日《よくじつ》に会うことを約束して、悠人は家に走ってもどった。

ダイニングで、母は新聞を広げて読んでいた。

「ひさしぶりに走れて、よかった？」

「うん、まあ」

冷蔵庫《れいぞうこ》を開け、ウーロン茶をとりだして一気に飲む。

「あのさあ」

悠人は、母にむかって声をかけた。

「ん？」

母が顔を上げた。悠人《ゆうと》は、母の正面に座《すわ》った。

「前に、ヤングケアラーって、いってたじゃん」

「ああ。クラスの友だちのこと？」

「そうだけど、そうじゃなくて……つまり、新川《にいかわ》んとこは、もうおばあさん、亡《な》くなってるから」

「ほかに、そういう子が、いるの？」

悠人は、うなずいた。

「秋に知りあった友だちなんだけど、母親が病気で、たいへんみたいで」

「病気って？」

悠人は、朱音《あかね》のかかえる状況《じょうきょう》について、知るかぎりのことを話した。母親の病名や精神《せいしん》状態《じょうたい》について、さらには父親が単身赴任中《ふにんちゅう》であることも、年のはなれた妹がいることも。

母の眉《まゆ》が、きくほどによってくるのが、悠人にもわかった。

ひととおり話したあとで、母が確認《かくにん》するように、悠人にきいた。

「友だちなのね」

「うん」

それ以上だ。でもそうは口にしなかった。

「大切な？」

こくんとうなずく。

「突然《とつぜん》、たおれたんじゃ、たいへんだったでしょうね。私立《しりつ》の学校に電車通学してたのなら、家事なんてほとんどやったこともなかったでしょうし」

「買いもの、なれた感じでしてたけど」

「それは、時間がたってなれたからでしょう。あんただって、急にやれっていわれて、何ができる？　とまどうばかりでしょ。だけど、現実《げんじつ》はまったなしなのだから」

胸《むね》に鈍《にぶ》い痛《いた》みが走った。朱音《あかね》がたいへんな思いをしていると、わかったつもりになっていた。でも、食事の支度《したく》や洗濯《せんたく》や掃除《そうじ》、妹の面倒《めんどう》。そうしたひとつひとつのことに、自分がどれだけ具体的に思いをいたらせたろうか。今さらながら、前に、自分がいなくなったら、うちがこわれる、といっていたことが、胸にせまる。まだ十四歳《さい》の朱音が、そんな思いで暮《く》らしを支《ささ》えているのだ。

「おうち、どこなの？」

「坂和《さかわ》ヒルズ」

「じゃあ、経済的《けいざいてき》にはこまっていないと思っていいのかしら。私立《しりつ》中学に通っていたというし」

「たぶん。ローンは残ってるらしいけど」

「なら、だいじょうぶかな」

「だいじょうぶじゃないよ」

「そういう意味じゃないの。たとえば、母子家庭で、親が養育することができないと判断《はんだん》されたら、心ならずも別居《べっきょ》を選ばなければならないケースもあるの。子どもは保護《ほご》されて、養護施設《ようごしせつ》に入る。そうすれば、看病《かんびょう》も家事もやらなくてすむ。でも、どっちがいいかなんて、簡単《かんたん》にいえないでしょ」

曖昧《あいまい》にうなずくことしかできなかった。自分はまだまだ想像《そうぞう》がぜんぜん足りていない。何もわかってない。そのことがくやしかった。

「おれには、その子の話、きくしかできないってことだよな。すごくたいへんそうだから、なんとかしたいけど、何もできない」

「悠人《ゆうと》は今、自分にできることをしているじゃない？」

いわれたことがのみこめずに、悠人はいぶかしげに母を見る。母は、少しせつなそうに片頬《かたほお》だけを上げていった。

「おとなに、話してみること」

「…………」

「虐待《ぎゃくたい》とか、経済的《けいざいてき》な困窮《こんきゅう》というのは、とても問題になっているから、知っている人もたくさんいるけれど、ヤングケアラーのことは、報道《ほうどう》されることも少ない。いくつかの地域《ちいき》で、教師《きょうし》への聞き取り調査《ちょうさ》なんかもされてはいる。でも、まだまだ知らない人が多いの」

「なんで母さんは、知ってたの？」

「職場《しょくば》で、そういう研究をしている人の講演会《こうえんかい》をやったから。でも、世間の関心はまだ高いとはいえない。表から見えにくいし。本人が話したがらないケースも多いそうよ」

「その子も、友だちには話してないって」

母はうなずいた。

「小学生のうちだと、まだ口にしたりできる子もいるようだけど、中学生ともなると、先生にも友だちにも話せない、ということで、自分ひとりでかかえこんでしまう」

それは、まさに朱音《あかね》自身の今の状況《じょうきょう》だった。

「学校では、友だちと楽しそうにしてるみたいだけど、話題があわなくなってしまうことがあるって」

家事と妹の世話でつかれて眠《ねむ》いときに、きょうだいげんかの話なんかされても、つい生《なま》返事《へんじ》をしてしまうと、いつだったか朱音《あかね》がいっていた。

「そうでしょうね。そういう子は、どうしても、おとなになっちゃう」

「おとなに？」

「しっかりしてしまう。苦労は買ってでもしろっていう人がいるでしょ。苦労が人を成長させることもあるから。でも、わたしはそうは思わない。苦労なんてしない方がいいに決まってる」

「そうなのかな」

はたして、自分は、苦労をしてきたのだろうか。それとも、苦労知らずなのだろうか。

家の中が息苦しいと感じていた。父は不在《ふざい》だし、家族ともめったに口をきかなくなっていた。家庭は冷えきっていると思っていた。それなのに今、朱音と出会ったことで、こうして、母とむきあっている。

「当事者自身が、責任感《せきにんかん》が強くて、家族のためにがんばりたいと思っている。誇《ほこ》りもある。だから、サポートが必要だという自覚をもっていないこともある」

「サポートって？」

「わたしには、その子を直接《ちょくせつ》助けてあげることはできない。でも、何かアドバイスはできるかもしれない。今度、そのお友だち、うちにつれてきたらいいわ。わたしも、少し調べておくから」

「……断《ことわ》られたら？」

「悠人《ゆうと》。なんらかのサポートを受けることは、その子に必要なことかもしれないでしょ。あんたにとって大切な友だちなら、がんばりなさい」

「わかった」

部屋にもどってから、なんで母に話したのだろうか、と自分でいぶかしむ。でも、話してよかった。大切な友だちなら、がんばりなさい、という母の言葉がよみがえる。そのとたんに、つんと鼻の奥《おく》が痛《いた》くなった。

翌日《よくじつ》の夜は、悠人の方が着くのがおそかった。朱音《あかね》の表情《ひょうじょう》が、昨日よりも、いくぶん明るく感じられたことにほっとする。

「週末、お父さん、帰ってくる？」

「うん。その予定」

「あのさ、前に、家族ですごしたいっていったろ。気持ち、わかるけど、土曜か日曜、ちょっとだけ、時間つくれないかな？　昼間に会いたいんだ」

「東京？」

「それは、春休みのお楽しみ。いやじゃなかったら、うちに来ないか。おふくろが……会いたがってて」

そう口にしたとたん、なぜか赤面した。母について、以前、ずいぶんな言い方をしたことを、朱音《あかね》は覚えているだろうか。

「悠人《ゆうと》の、お母さん？」

「うん」

「そうだね。じゃあ、行っちゃおうかな」

悠人の家に来るのを土曜の午後に決め、その日は、朱音の家の前まで悠人が迎《むか》えに行くことにした。

14

県立の受験が終わったということで、教室の雰囲気《ふんいき》はずいぶんのんびりとしたものになっている。私立《しりつ》は県立より入試が早い学校も多く、哲矢《てつや》は、はやばやと第一志望《しぼう》の大学附属《ふぞく》の高校への入学を決めていた。

「もし、東高ダメだったら、どうしようかな、おれ」

渉《しょう》が心配そうにいったが、

「だいじょうぶだよ」

と悠人《ゆうと》は応《おう》じる。自己採点《じこさいてん》では、悠人も渉も、合格圏内《ごうかくけんない》には入っている。

「答案用紙に、名前書《か》き忘《わす》れてるかも」

「渉が、そんなに心配性《しんぱいしょう》だとは思わなかった」

哲矢が軽くからかうようにいった。

「合格したら、どっか行きたいな」

「卒業後がいいんじゃね？」

「哲矢《てつや》、だれか女子つれてこいよ。カノジョのダチとか」

「高校に行けば、新しい出会いがあるよ。東高は、ほら、自由な校風だし」

渉《しょう》と哲矢のあいだで、ぽんぽんと会話がとびかうのを、悠人《ゆうと》はだまってきいていた。

「デートぐらい、したことあるぜ、って顔で、高校生になりたかったよな」

渉が、うらめしそうな顔でいった。

放課後、悠人は渉とならんで校門を出た。

「今度の土曜、うちに来る」

「……あの子？」

こくんとうなずいてから、あわてていいたす。

「母親が、つれてこいって」

「お母さんが、なんで？」

「非常勤《ひじょうきん》だけど、役所で、福祉《ふくし》関係の部署《ぶしょ》で働いてる」

「そうか。悠人、覚悟《かくご》したんだな」

「よくわかんねえけど、同情《どうじょう》なんかじゃないって、思えたから。渉には、ちゃんと話さなくちゃって」

「くっそぉ、結局、先越《こ》されたか」

渉《しょう》は悔《くや》しそうにいった。心の中では、渉に感謝《かんしゃ》しながら、あえて、

「ええ？　もともと、勝負見えてるだろ」

とすました顔でいうと、渉は胸《むな》もとに拳《こぶし》をつきつけてきた。それを受けて、わざとらしく痛《いた》がる真似《まね》をする。

渉と同じ高校に行けることがうれしかった。

坂和《さかわ》ヒルズの前に立つ朱音《あかね》が見えた。見覚えのある紺色《こんいろ》のダッフルコートを着ている。

悠人《ゆうと》は軽く手を上げて、小走りに近づく。

朱音が、紙袋《かみぶくろ》を手にしていたので、

「もとうか？」

ときくと、首を横にふった。

「だいじょうぶ。田舎《いなか》から送ってきた、林檎《りんご》。友だちの家に行くっていったら、もってけって」

前に、スーパーでばったり会ったときも、荷物をもたせてくれなかった。朱音《あかね》は、そういう子なのだと思い、だから余計《よけい》に愛《いと》しくなる。

「おれ、林檎《りんご》好きだよ」

「よかった。妹がね、ついてきたがって、こまった」

朱音は、小さく笑った。

「あのな……」

いいかけたものの、言葉が続かない。でも、あらかじめ伝えておかなくては……。

「何？」

「おれ、朱音の家のこと、母親に、話した。ごめん、このあいだ、ちゃんといえなくて」

「…………」

「それで、おふくろが、朱音と話をしたいって」

「どうして、なの？」

「ヤングケアラーって言葉、前にいったよな。あれ、おふくろに教わった。役所で、福祉《ふくし》関係の仕事してるから。講演会《こうえんかい》を企画《きかく》したりすることもあるらしくて。未成年の子たちが、家族の介護《かいご》にかかわっていることも、少しずつ知られるようになってるんだって。朱音の家は、お母さんだけど、これから、ふえるんじゃないかな、高齢化社会《こうれいかしゃかい》だから」

「そっか」

「いやなら、やめてもいい」

朱音《あかね》は、ほんの一瞬《いっしゅん》、思案顔になったが、すぐに、行く、といってくれた。それでも悠《ゆう》人《と》は少し心配だった。母は、けっしてとっつきやすいタイプではない。お愛想もあまりいわないから、緊張《きんちょう》させてしまうのではないだろうか。

ふたりは、あまりしゃべらずに歩き、およそ十五分で、悠人の住む団地《だんち》に着いた。

「古いだろ、ここ。建てられたの、四十年以上前らしい。まあ、家賃《やちん》は安いけど。うち、貧乏《びんぼう》だから」

「ずっと、ここなの？」

「生まれたときから。こっち。エレベーターもねえんだよな」

三階まで、縦《たて》にならんで階段《かいだん》をのぼり、家の前に来ると、悠人はみずから鍵《かぎ》を開けて、

「せまいよ」

といいながら、朱音を招《しょう》じいれた。

母は、ここが自分の居場所《いばしょ》、とばかりに、ダイニングのテーブルの、シンクに近い方の

椅子《いす》に座《すわ》っていた。それでも、いつもとのちがいは、テーブルの上に、急須《きゅうす》と湯飲み、茶《ちゃ》菓子《がし》が用意されていたことだ。

「えーと、母さん。で、この人が、坂和中《さかわちゅう》二年の、富沢朱音《とみざわあかね》さん」

「はじめまして、富沢です」

朱音が母にむかって頭を下げた。

「ようこそ。どうぞ、座って。せまくるしいところだけれど」

「はい。あの、これ、田舎《いなか》から送ってきた林檎《りんご》です。召《め》しあがってください」

朱音が、袋《ふくろ》をさしだした。

「あら、そんなに気をつかわなくていいのに。でも、せっかくですからいただくわね。悠《ゆう》人《と》、お茶をいれてちょうだい」

急須を見ると、すでに茶葉が入っていたので、悠人はポットの湯を注いで蓋《ふた》をする。そのあいだに茶托《ちゃたく》の上に湯飲みをうつし、最中《もなか》の入った菓子皿をテーブルの真ん中においた。

いれた茶を朱音の前にさしだすと、

「ありがとう」

と、小さく笑った。

母が茶を飲むと、朱音《あかね》も遠慮《えんりょ》がちに湯飲みを手にとった。

「朱音さんは、悠人《ゆうと》のこと、好き？」

母の直截《ちょくせつ》なもの言いに、悠人は狼狽《ろうばい》した。

「何それ？　母さん、なんだよ、それ」

けれど朱音は、まっすぐに母を見ていった。

「はい。好きです」

「ありがとう。悠人を好きになってくれて。とてもうれしいです」

あわてて何かいおうとした悠人をスルーして、母がまた口を開く。

「公民って、三年生でやるんだったかしらね。憲法《けんぽう》のことは、勉強したことがある？」

「はい。少し」

「わたしは、憲法でいちばん大切なのは、人権《じんけん》だと思うの。それから、日本には、教育基《き》本法《ほんほう》という法律《ほうりつ》も、児童福祉法《ふくしほう》という法律もあるし、児童の権利に関する条約《じょうやく》、という国《こく》際条約《さいじょうやく》の批准《ひじゅん》もしている。どういうことかというとね、もちろん、おとなもだけれど、とくにあなたたち子どもは、健康で文化的な暮《く》らしをする権利があるし、教育を受ける権利があるということです」

「…………」

「もしも、それができてないとしたら、阻害要因《そがいよういん》はとりのぞかれなければならないの。そのためには、必要なサポートを受けられるべきなの。わたしのいうこと、わかる？」

「はい」

きっぱりいってから、朱音《あかね》は口を真一文字《まいちもんじ》に結んで母を見つめた。

「残念ながら、福祉《ふくし》も行きとどかないところだらけだけれど」

母は、小さくため息をついてから、また口を開いた。

「学校の先生には、話しているの？」

「……いえ、ちゃんとは話してません」

「いいたくない？」

朱音がこくんとうなずいた。

「でも、家のことがいろいろあって、たとえばだけど、宿題をやる時間がなくなったり、ときには遅刻《ちこく》したり、休まなくちゃならなくなったりすることがあるとしたら、先生が事情《じじょう》をわかってないと、単になまけてると誤解《ごかい》されない？」

悠人《ゆうと》は少し驚《おどろ》いて母を見た。遅刻したことも、勉強時間を確保《かくほ》できないことも、今、まさに朱音《あかね》が直面している問題だ。

朱音もまた、目を開いて母を見てから、そっと悠人《ゆうと》に視線《しせん》を移《うつ》す。

「……でも、わかってくれない気がして。しかたないかなって。だって、母を助けられるのは、わたしだけだから」

「がんばり屋さんなのね。でも、あなたを助ける人がいてもいいと思うの」

「わたしを、ですか？」

「先生に話しづらかったら、スクール・ソーシャル・ワーカーの人に話してみるという手もある。ときどき、来ているでしょ」

そういえば、そんな肩書《かたが》きの人が、たまに悠人の中学にも来ている。おそらく、坂和《さかわ》中《ちゅう》でも同じだろう。

「はい。でも、話したことは、ないです。というか、考えたこともなかったです」

「そうかもしれないわね。きっと、精一杯《せいいっぱい》、ひとりでがんばってきたのね」

「………」

「でも、スクール・ソーシャル・ワーカーは、困難《こんなん》な事情《じじょう》をかかえている生徒の話をきいて、解決《かいけつ》のために支援《しえん》するのが仕事なのだから。必要があれば、福祉《ふくし》サービスにつなげてくれることもあるかもしれない。お母さんが病気なのはほんとうにお気の毒だけれど、ヤングケアラーという視点《してん》から見れば、あなた自身が当事者なの。残念なことに、あなたのような立場の若《わか》い子たちに対して、まだまだ支援体制《しえんたいせい》は整っているとはとてもいえない。今の制度では、介護《かいご》を子どもがになうという発想がないから。支援が必要だという世間の認識《にんしき》も弱い。実際《じっさい》には、そんな家庭がいくらでもあるし、これからますますふえそうなのに。でも、相談に乗ってくれるところが、まったくないわけではない。この問題にとりくんでいるNPOもある。何よりも、ひとりでかかえこまないでほしいの」

朱音《あかね》は、

「……はい。ありがとうございます」

といって頭を下げた。

「しっかりしてるね」

「そんなことないです。うちのこととか、ぜんぜんできなくて。今は、少しなれたけど」

「突然《とつぜん》だったのだもの。無理のないことよ」

「でも、自分がダメだなって思いました。無力だなって……。わたしじゃ、母を安心させられないんです。母は、父がいるときの方が、体調がいいみたいで。そんなとき、わたしじゃダメなんだなって、思っちゃって」

朱音《あかね》の瞳《ひとみ》がうるむ。それでも懸命《けんめい》に瞬《まばた》きをして、涙《なみだ》があふれるのをこらえている。間合いをとるように、茶をすすった母が、また口を開いた。

「でもね、そんなふうに考えてはダメよ。あなたはすごくがんばってる。けれど、なんでも自分でがんばってしまうのが、自立ではないの。他人に助けを求めることは、大切なことなのよ」

「………」

「お父さんは、おいそがしいのかな？」

「はい。母がたおれる前から、名古屋に単身赴任《ふにん》してました。新しいプロジェクトにかかわっているんだそうです」

「もしかしたらだけど、お父さんは、あなたがやっていることを、ちゃんとわかってない、ということはないかしら」

朱音の視線《しせん》がゆらいだ。

「あなたのお父さんは、はなれて暮《く》らしているから、いろいろ気がつかないこともあるし、男の人の中には、どうしても家事のようなことを軽く見てしまう人もいるの」

「……そうだと思います。それに、父は、母がひどいときの様子を、あまり見てないから」

「それは、つらいわね。でもやっぱり、お父さんにちゃんとわかってもらうことは、大切だと思う。学校にきちんと状況《じょうきょう》を理解《りかい》してもらうにも、お父さんから話してもらった方がいい。たとえ、あなたのやることが何もかわらないとしても、父親という立場として、わかっている、ということが大事なんじゃないかしら。何よりも、もっとも身近な人に相談できることは、とても重要だと思うのよ」

「……はい」

「話せる？」

「はい。ありがとうございます」

「だれかに、話してもらうことを考えてもいいのよ」

「だいじょうぶです」

朱音《あかね》は、もう一度頭を下げてから、立ちあがると、悠人《ゆうと》を見た。

「送るよ。ちょっとまってて。ついでに買いもの行くから。財布《さいふ》もってくる」

悠人は、自分の部屋に行って、引き出しから財布をひっぱりだして、ポケットにつっこんだ。鏡を見ると、髪《かみ》が少しはねていた。こんな髪でずっと朱音《あかね》に対峙《たいじ》していたのかと思うと、少しがっかりしながら手でなでつけた。

ダイニングにもどると、ふたりで何を話していたのか、朱音がおかしそうに笑っていた。

外に出ると、日はだいぶかたむいていたが、日没《にちぼつ》には間がありそうだ。

「だいぶ、日が長くなってきたな」

思わず伸《の》びをしながら、悠人《ゆうと》はいった。風はまだ冷たいが、真冬の刺《さ》すような感じではなくなっている。

「もうすぐ、春だもの」

「さっき、何、笑ってたの？」

悠人がきくと、朱音はまた思いだしたように、笑顔を見せた。

「悠人のこと、よろしくって」

「それ、おかしくないだろ」

「それだけじゃないよ。悠人のこと、きいたから。小さいころは、お兄ちゃん子だったとか」

悠人はかすかに眉《まゆ》をよせた。

「そんなこと、いったの？」

「うん。でも、お兄ちゃんより、心配しなかったって。病気もあまりしないし、なんでも自分で決めてしまうって。手がかからない子だったって」

「ちげえよ。手をかけなかったんだよ。おれ、親から期待されてないし」

「そんなことないよ」

「そうなんだって。兄貴《あにき》ができすぎくんでさ。柏木家《かしわぎけ》の期待の星だから」

兄と己《おのれ》をくらべて悶々《もんもん》としたこともあったが、今は、兄は兄、自分は自分と思える。それでもやはり、母は兄の方が大事なのだ、という気持ちは払拭《ふっしょく》できない。

「合格発表《ごうかく》、もうすぐだね」

「おれ、受かってるかな」

「ぜんぜん心配してないよ。でも、すぐに、知らせてくれる？」

「最初に知らせる。そうだ、スマホとか、もってる？」

「うん」

朱音《あかね》が自分のスマホをとりだしたので、悠人《ゆうと》もポケットから出して、すぐにラインの友だち申請《しんせい》をする。

「けど、ふだんは、連絡《れんらく》しないから」

家のことでたいへんな朱音《あかね》に、わずらわしい思いをさせたくない。

「うん。わたし、友だちには、話してないんだ」

「スマホもってることを？」

「だって、いちいち返事できないし」

たしかに、すぐに応答《おうとう》しなければ、おそいと文句《もんく》をいわれてしまうかもしれない。そもそも、家の仕事をしているときに、クラスメイトたちとラインなんて、やれるはずもない。だったらいっそ、もってないことにしてしまう方がいい。

「やりとりする時間、決めよう。そのときだけ、連絡する。けど、もしも、朱音が、きついって思ったら、連絡して。いつでも。夜中でもいいから」

「ありがとう。今日は行ってよかった。悠人《ゆうと》のお母さんと、話せてよかった」

「そう思ってくれるんなら、おれもよかった」

そう、自分にとっても……。ほんの少し、今まで知らなかった母を見たような気がする。そしてくやしいことに、己《おのれ》はまだ、未熟《みじゅく》な中学生でしかないと、思い知らされた悠人だった。

「あのね、わたし、東高に行きたい。悠人《ゆうと》と同じ高校に。それと、お母さんが元気になったら、髪《かみ》、のばす」

母親が病気になる前は、髪が長かったと、以前にきいた。悠人は、朱音《あかね》を見て、ロングヘアの姿《すがた》を思いえがく。ひとつ、楽しみがふえた気がする。

坂和《さかわ》ヒルズが見えてきたが、ふたりはそのまま、通りすぎて公園に行った。休日なので、小学生の姿が多かった。ブランコも、すべり台も、小さな子どもたちが遊んでいたので、近よることはできなかった。

「はじめてだね。ほかに人が来てるときに、ふたりでここにいるのって」

「これからは、いろんなところに行こう。いろんなものを見ような、いっしょに」

朱音は、悠人の目をしっかり見つめてうなずいた。

15

悠人《ゆうと》は、無事東高校に合格《ごうかく》した。

ラインですぐに朱音《あかね》に知らせると、おめでとう、という派手《はで》なスタンプが届《とど》いた。

自分の合格を掲示《けいじ》で確認《かくにん》した直後、渉《しょう》とばったり会った。渉も無事合格していたので、ふたりで手続きの書類をもらってから中学に行って、担任《たんにん》にも報告《ほうこく》した。それから、ファストフードの店に行くと、ハンバーガーを食べ、コーラで乾杯《かんぱい》した。

そうこうするうちに、坂和中《さかわちゅう》の博貴《ひろき》から、おめでとうメッセージが届く。


春から、いっしょやな。走るでー。

意味不明の関西弁《かんさいべん》に小さく笑う。以前、博貴は、いっしょに陸上をやろうといっていた。知った人間がいるのは心強い。

陸上は続ける。でも、それだけをしているわけにはいかない。

「カノジョ？」

ときかれて、画面を見せる。

「塾友《じゅくとも》。坂和中《さかわちゅう》の陸上部なんだ。受かったって」

「なんだ、野郎《やろう》か」

「こいつ、妹いるよ」

「マジ？　かわいい？」

「まじめそうな子で、一高目指してるって」

「うわあ、やべえ」


夕方、悠人《ゆうと》が家にもどると、母がちらし寿司《ずし》をつくっている最中《さいちゅう》だった。直人《なおと》は、エプロン姿《すがた》で洗《あら》いものをしている。

「なんか、ひな祭りみたいだな」

とつぶやくと、ふりむいた直人が、あきれ顔でいった。

「おまえ、親にぐらい、すぐ連絡《れんらく》しろよ」

「連絡《れんらく》って？」

「発表だろ？」

「っていうか、なんでちらし寿司《ずし》？」

「合格祝《ごうかくいわ》いよ、悠人《ゆうと》の」

「なんで知ってるの？」

「直人《なおと》が、サイトでチェックしてくれたのよ」

母の言葉に、悠人が兄の顔を見ると、むっとした顔で視線《しせん》をそらした。

「マジかよ。っていうか、エプロン、似合《にあ》わねえ」

悠人は思わず笑ってしまった。

「夕飯になったら、呼《よ》ぶから、部屋でまってろ」

直人にいわれて、悠人は素直《すなお》に自室にひきあげた。ご飯だと呼ばれたのは、三十分ほどあとのことだった。

「合格おめでとう」

母と兄から口々にいわれ、悠人はぎこちなく言葉を返す。

「……ありがとう」

家族にむかって、ありがとう、などと口にするのは、なんとも気はずかしかった。

食卓《しょくたく》にならんでいるのは、ちらし寿司《ずし》とサラダ、唐揚《からあ》げ、煮《に》もの、味噌汁《みそしる》などだ。いつもよりいく分にぎやかな食卓だった。

「健一《けんいち》さんにも声をかけたけど、今日は仕事で関西なんですって」

母は、ついでのようにいった。このまま両親の別居《べっきょ》はずっと続くのだろうか。気にはなるが、それはふたりが決めればいいことだ。

「親父、もどる気ねえのかな。いい加減《かげん》にすればいいのに」

ぽつりと直人《なおと》がつぶやいた。兄が、もどってほしいと考えているらしいことに、悠人《ゆうと》は少し驚《おどろ》いた。しかし、話題をかえるように母の方を見ていった。

「金、貸《か》してほしいんだけど」

「お金？　いくら？　何に使うの？」

「三万ちょっとぐらいかな。おれ、高校には自転車で通うから。自転車、買いたい。金は、バイトして返す」

「バイト？」

「高校生になったら、バイトする。東高の陸上部は、そんなにきびしくないし、週に、二回ぐらい、三、四時間も働けば、こづかいひいても、夏休み前に返せるし、スマホ代もはらえるかなって」

「わかった。でも、自転車は、定期代が必要なくなるから、買ってあげる」

「ずるい。おれには、バイトするなっていったろ」

直人《なおと》の抗議《こうぎ》に母は、かすかに首をかしげる。

「何をいってるの？　バイトするな、なんていってないでしょ。バイトしてもいいかってきかれたから、しなくていいっていっただけよ」

「するなってことだろ」

「ちがうでしょ。だいたい、悠人《ゆうと》は、なんでも自分で決めちゃうのよ。だから、とやかくいってもしょうがないの。でも、あんたは、わたしにきくから。わたしの考えをいってるだけよ」

「っていうか、直人は、来年受験じゃん。東大行くんだろ」

「行かねえよ」

「じゃあ、どこ行くの？」

「おまえにいう必要、ねえだろ」

「まあ、がんばれよ」

というと、直人《なおと》は一瞬《いっしゅん》顔をしかめたが、すぐに真顔になった。

「東高は、悪くないよ。むしろ、校風が自由な分、個性《こせい》が強いやつが多いらしい。でも、ちゃんと勉強しろ。勉強は、おもしろいから」

悠人《ゆうと》は、素直《すなお》にうなずいた。


朱音《あかね》から会いたいと連絡《れんらく》があったのは、三月三日の夜だった。

ラインでやりとりをして、次の日の夜九時、公園で会うことにした。

夜の公園に、一歩足を踏《ふ》みいれる。朱音の姿《すがた》はまだ見当たらなかった。ふと、花の香《かお》りを感じた。なんだろうかと、頭をめぐらしたとき、入り口から朱音が小走りで近づいてくるのが見えた。

「梅の花が、咲《さ》いてる」

「ああ、梅の香りか」

「桜《さくら》もいいけど、梅もいいよね。あ、でも、今日は桃《もも》かな」

そういいながら、朱音は袋《ふくろ》に入った包みをさしだす。

「お誕生日《たんじょうび》、おめでとう！」

「あ、うん。っていうか、よく覚えていたな」

「そりゃあ、忘《わす》れられないよ」

朱音《あかね》がおかしそうに笑った。その表情《ひょうじょう》が明るかったので、

「何か、いいことあった？」

ときく。

「うん。でも、先に開けてみて」

せかされて袋《ふくろ》の中からとりだすと、ランニング用の白いソックスが出てきた。

「陸上、続けるんでしょ」

「うん。ありがとう。すげえうれしい」

「よかった」

「で、いいことって？」

「あのあと、お父さんに話した。お母さんのふだんの様子。悪いときには、ほんとにたいへんだってこと」

「そしたら？」

「ちょっと、だまっちゃって。苦労をかけて、ごめんって」

「お父さんが？」

「うん。それで、怒《おこ》っちゃった。あやまらなくていいんだよ、ちゃんと考えてって。それから、勉強、おくれたくないって」

「そっか」

「東高に行きたい。でも、今のままじゃ、受からないかもしれない。遅刻《ちこく》、多かったし、休んだこともあった。そういうのって、内申《ないしん》、影響《えいきょう》しちゃうでしょ。それで、一昨日《おととい》、担《たん》任《にん》の先生のところに、お父さん、話しにいってくれた。そしたら、昨日、いわれた」

「担任から？　なんて？」

「ちゃんと話してほしかったけど、富沢《とみざわ》さんが、そんなにがんばって家のこと手伝って、えらいと思った、とかいってたかな」

「わかってねえなあ」

「けど、ほっとした。正直いって、わかってくれたとは思ってない。でも、わかってなかったことはわかったみたいだから」

「わかってないことにさえ、無自覚なやつっているもんな」

「……あとね、お父さん、もどってくるの。ほんとは、あと一年は、あっちの予定だったんだけど。人事部に事情《じじょう》説明して……。四月から東京の本社にかわることになった」

「ほんと？　それはよかった」

思わず声をはずませると、朱音《あかね》もうれしそうにうなずく。

「それからね、悠人《ゆうと》のお母さんにいわれたこと、お父さんに話した。ヤングケアラーのことか。お父さん、ぜんぜん知らなかったよ。でも、わたしに、悠人みたいな友だちがいて、よかったたって」

「友だちかあ」

「そういうしかないでしょ」

といわれれば、反論《はんろん》はできない。自分も、朱音を友だちだと母に告げているのだから。

「まあ、そうかな」

「あとね、相談できるところもあるって、悠人のお母さんが教えてくれたでしょ。お父さんと、いろいろ調べてみようって話した。今すぐってことじゃないけど。何も知らないのと、いざというとき、相談できる場所があることを知ってるのって、ぜんぜんちがうんだって思った」

「おれのこともさ、少しはあてにしてほしいな」

「夜の散歩、すごくありがたかったよ。でも、これからは、わかってくれてる人と……悠《ゆう》人《と》と、会えるんだよね。だから」

「だから？」

「だからもう、わたし、夜の散歩、やめる」

きっぱりとした口調《くちょう》だった。

その日が、悠人と朱音《あかね》が、坂和《さかわ》公園で夜に会った最後の日となった。

＊　＊　＊

卒業式の日が来た。

保護者《ほごしゃ》として、父が出席することになった。悠人の母は、出勤日《しゅっきんび》なので出席できないという。兄の卒業式には、仕事を休んで列席したことが頭をかすめた。数か月前だったら、そんなことにももやもやした気持ちになったかもしれない。

悠人は、

「べつに無理に来なくていい」

と父にもいったが、父の言い分では、たまには父親らしいことしろ、と直人《なおと》にいわれたという。

「まあ、節目《ふしめ》だよな。十五の春は」

「節目？」

その日は、父が家まで迎《むか》えに来て、ふたりで学校にむかった。ひさしぶりに見る父のスーツ姿《すがた》だった。

式場に入ると、思ったより父親の姿が多かった。もっとも、それは、両親そろっての参列なのだが。そんな父親たちの中で、悠人《ゆうと》の父は、どことなく異彩《いさい》を放っていた。

なれ親しんだクラスメイトも明日からはばらばらになる。そのことをしみじみ考えたとき、なるほど、節目なのだと思った。とはいえ、卒業式にさほどの感慨《かんがい》があったわけではない。別れに臨《のぞ》んで涙《なみだ》ぐむ女子もいたが、悠人には、いちばん親しい渉《しょう》と高校が同じだという安心感もあった。その渉からは、

「悠人の親父さんって、なんかカッコいいな」

といわれて、驚《おどろ》いた。

「どこがだよ、あんなダメ親父」

そんなふうに毒づいたが、内心では悪い気がしなかった。


式が終わって、体育館から出るとき。

「そういえば、おまえ、ガールフレンド、いるんだって？」

父にいわれて、のけぞりそうになった。朱音《あかね》のことを父に話したことはないし、母が話すとは思えない。

「なんだよ、それ」

「直人《なおと》が、おまえに先を越《こ》されるとはって、くやしがってたぞ」

母は父には話さないだろうが、兄には話したというわけか、と納得《なっとく》した。

「先を越されるも何も、あいつの方がもてるし」

「もてるのと、ガールフレンドができるのとは、ちがうんだよ」

誕生日《たんじょうび》プレゼントをもらったあとも、悠人《ゆうと》は朱音と何度か会っており、昨日も十五分ほど話した。ただし、昼間だ。

あいかわらず、朱音の暮《く》らしはたいへんそうだから、そんなに長い時間会っていられるわけではない。朱音《あかね》の妨《さまた》げにならないようにしながら、少しでもいっしょにいられるようにと、買いものにつきあったりしている。妹の和花《のどか》にも三度ほど会った。和花は、悠人《ゆうと》にも少しなついてくれるようになった。

母親の状態《じょうたい》は、よかったりあまりよくなかったりをくりかえしているようだった。それでも、父親がもどってくれれば、きっと今より、いろんなことがよくなる。そう信じてる、といった。

「春休みに、東京に遊びに行く」

「カノジョと?」

「……まあ、そうかな。どこがいいだろ」

「何をしたいかだろう」

「だよな。……やっぱ原宿《はらじゅく》とかかな」

「おれにきいてどうすんだよ」

と父は笑った。

「つぶやいただけだろ」

「直人《なおと》な、京都の大学に行きたいそうだ」

「嘘《うそ》だろ？」

「嘘ついてどうする」

「いや、そういう意味じゃなくて、マジかよ」

「あっちの大学で、教わりたい人がいるんだとさ」

「……母さん、さびしいんじゃね？」

「かもな。けど、陽子《ようこ》は反対はしないよ」

「まあ、そうだろうけど」

とくに根拠《こんきょ》もなく、自分の方が先に家を出るような気がしていたのに、と悠人《ゆうと》は思った。

そんなふうに漠然《ばくぜん》とした思いを裏切《うらぎ》られながら、人生は進むものなのかもしれない。

中学校の門を出る。生徒としては、今日が最後だ。そのとき、スマホの着信音がして立ちどまる。とりだしてみると、ラインに朱音《あかね》からのメッセージが届《とど》いていた。


卒業おめでとう‼

Ｔｈａｎｋ ｙｏｕというスタンプを返す。すると、すぐにまた、メッセージが届いた。

わたし、髪《かみ》、のばすことにした！

「カノジョか？」

父のにやにや笑いには応《おう》じないで、

「高校って、はじめて自分で選んで行くとこなんだな」

と告げた。一瞬《いっしゅん》、真顔になった父は、すぐにくしゃっと顔をくずして、悠人《ゆうと》の肩《かた》をこづいた。

悠人は、少し胸《むね》をはるようにして、父の半歩前を歩きはじめた。

ヤングケアラーのこと（あとがきにかえて）

この作品は、中学生の恋愛《れんあい》物語ですが、「ヤングケアラー」を重要なテーマにしています。

わたしがヤングケアラーの問題に興味《きょうみ》をもった数年前は、周囲の人にきいても、言葉自体を知らない人がほとんどでした。今でこそ、マスメディアなどでもだいぶ報道《ほうどう》されるようになってきましたし、埼玉県《さいたまけん》では、本年三月、ヤングケアラーへの支援《しえん》をもりこんだ「ケアラー支援条《じょう》例《れい》」が制定《せいてい》されましたが、子どもの貧困《ひんこん》や虐待《ぎゃくたい》などにくらべ、まだまだ注目されることが少なく、きちんとした実態調査《じったいちょうさ》もされていません。けれども、現実《げんじつ》には家族の介護《かいご》をになっている小中学生や若者《わかもの》は少なくないのです（毎日新聞は、二〇一七年時点での十五歳《さい》から十九歳のケアラーは三万七千百人、という推計値《すいけいち》を報告《ほうこく》しています）。

そして、本文にも書きましたように、そもそも子どもは介護の担《にな》い手《て》として想定されてないこともあって、援助の手をさしのべにくい現状《げんじょう》にあり、精神的《せいしんてき》時間的な負担《ふたん》をしいられていることがまわりに見えないまま、放置されるケースも少なくありません。

じつは、うかつなことに、当初は自分のことに結びつけてはいなかったのですが、書き進めるうちに、わたしもまた、ヤングケアラーだったのかもしれないと思いいたりました。母の病気とむきあった小学四年生からの数年は、家庭内で一定の役割《やくわり》をになうことが必然でした。さいわいきょうだいが多く、孤独《こどく》に苦しむことはありませんでしたが、それでも、学校で母の病気について話すこともなく、友人たちとはちがう景色を見ているような感覚が子どもにもあったことを思いだしました。

この問題がもっと社会的に認知《にんち》されて実態《じったい》があきらかとなり、行政《ぎょうせい》やその他《た》の支援《しえん》が進むこと、つらい思いをする若者《わかもの》が少なくなることを願っております。

執筆《しっぴつ》にあたり、澁谷智子《しぶやともこ》先生のご著書『ヤングケアラー　介護《かいご》を担《にな》う子ども・若者の現実《げんじつ》』（中公新書）を参考にしました。また、「ケアを担う子ども（ヤングケアラー）についての小平市調査報告会《ほうこくかい》」（二〇一八年十月）、「子ども・若者ケアラーについての事例検討会《じれいけんとうかい》」（二〇一九年一月）などの勉強会では、多くを学ばせていただきました。成蹊《せいけい》大学非常勤講師《ひじょうきんこうし》で、ご自身にもヤングまたは若者ケアラーとしてのご経験がおありの松﨑実穂《まつざきみほ》先生には、お話をうかがったばかりでなく、原稿《げんこう》のチェックもしていただき、たいへんお世話になりました。あらためてお礼を申し上げます。

二〇二〇年七月

濱野 京子

《作》

濱野京子

Kyoko Hamano

熊本県生まれ。『フュージョン』（講談社）でJBBY賞、『トーキョー・クロスロード』（ポプラ社）で坪田譲治文学賞を受賞。おもな作品に『この川のむこうに君がいる』（理論社）、『バンドガール！』『石を抱くエイリアン』（以上、偕成社）、『ドリーム・プロジェクト』『県知事は小学生？』（以上、PHP研究所）、『夏休みに、ぼくが図書館で見つけたもの』（あかね書房）、『ソーリ！』（くもん出版）、『谷中の街の洋食屋 紅らんたん』（ポプラ社）など多数。

《装画・挿画》

中田いくみ

Ikumi Nakada

埼玉県生まれ。日本と台湾を主な拠点とし、個展などで作品を発表している。おもな作品に、絵本『やましたくんはしゃべらない』（山下賢二作／岩崎書店）、漫画『かもめのことはよく知らない』『つくも神ポンポン』（以上、KADOKAWA）、『きみひろくん』（いとうみく作／くもん出版）などがある。芸術集団「画賊」メンバーとしても活動している。

with you

2020年11月20日　初版第1刷発行
2021年 4 月 9 日　初版第2刷発行

作　濱野京子
装画・挿画　中田いくみ
装幀　城所潤(JUN KIDOKORO DESIGN)
発行人　志村直人
発行所　株式会社くもん出版
〒108-8617　東京都港区高輪4-10-18　京急第1ビル13F
電話　03-6836-0301(代表)
03-6836-0317(編集)
03-6836-0305(営業)
ホームページアドレス　https://www.kumonshuppan.com/
印刷　三美印刷株式会社

日本音楽著作権協会(出)許諾第2007716-102号
NDC913・くもん出版・248P・20cm・2020年・ISBN978-4-7743-3078-5

CD 34610

創作児童文学

星くずクライミング

樫崎茜　画・杉山巧

中学生のあかりは、目の不自由な少年・昴と出会い、ブラインドクライミングを知る。ナビゲーターとクライマーがペアになり、ウォールを登るその競技で、嫌々ながらペアを組むことになった二人は……。

カーネーション

いとうみく　画・酒井駒子

「あたしは、まだ母に愛されたいと思っている。いつか母は、あたしを愛してくれると信じている」児童文学の新風・いとうみくが描く、愛を知らない娘・日和の物語。

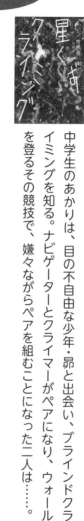